JN052896

エムエス

継続捜査ゼミ2

今野 敏

KODANSHA NOVELS 講談社ノベルス

カバーデザイン＝岡　孝治
カバー写真＝木村　直
ブックデザイン＝熊谷博人・釜津典之

1

小早川一郎（こばやかわいちろう）は、なんだか慌ただしいキャンパス内を眺めながら、教授館に向かっていた。

夏休みが終わる九月半ばは静かだったのだが、徐々に学生たちの動きが慌ただしくなってきた。

そして、十月に入ると、賑（にぎ）やかさが急速に加速されていった。

教授館のエレベーターホールに行くと、人間文化学部・日本語日本文学科の竹芝庄介（たけしばしょうすけ）教授がいた。

彼は、細身で鶴やダチョウのような大型の鳥類を思わせる風貌（ふうぼう）をしており、いつもチャコールグレーの背広を着ている。

新米教授の小早川にとっては先輩に当たるが、年齢はかなり下なはずだった。

小早川は人間社会学部で、学部が別なので、就職してしばらくは関わりがなかったのだが、あるとき向こうから声をかけてきた。

変わり種の自分に興味があったのだろうと、小早川は思っていた。

小早川はかつて警察官だった。定年を迎えるに当たり、三宿（みしゅく）女子大学長の原田郁子（はらだいくこ）に誘われたのだ。警察学校の校長を務めていたこともあるし、教えることに興味があったので、小早川はその誘いを受けることにした。

原田郁子は、小早川とは幼馴染（おさななじ）みの間柄だった。年齢も同じだ。

准教授として大学で教鞭（きょうべん）を執ることになり、四年目に教授となった。

「また、この季節になりましたね」

小早川に親しげな会釈をし、エレベーターの階数表示に眼を戻すと、竹芝教授は言った。

小早川はうなずいた。

「キャンパス内にだんだんと活気が出て来ました」

「十一月二日が三女祭ですから、学生たちはその準備に追われることになります」

三宿女子大は三女と略称される。だから、その学園祭も三女祭と呼ばれている。

「そうですね……。大学に勤めるようになって最初の学園祭では、少々意外な感じがしました」

「意外……？」

「ええ。女子大なのに、ミスコンをやるんだなと……」

「ああ……」

竹芝は苦笑を浮かべて言った。「それが、キャンパス内の騒々しさの元凶でもあるのですがね……」

「騒々しさの元凶？」

小早川が思わず聞き返したとき、エレベーターが来た。

二人は乗り込み、竹芝がそれぞれの研究室がある階のボタンを押す。

竹芝教授が言った。

「反対運動ですよ」

「は……？」

「毎年のことですが、ミス三女コンテストを企画実行する三女祭の実行委員会と、反対派の学生が衝突するんです」

「ああ、騒々しさの元凶……」

「そうです。この時期だけは、キャンパス内が何十年も昔の大学の雰囲気に戻るようです」

「それは一九六〇年代の大学紛争のことですか？」

「ええ。もちろん、私はそんな経験はありませんよ」

小早川もそうだった。大学に入学した頃にはすでに大学紛争の季節は通り過ぎていた。キャンパスには脱力感と頽廃があった。

学生たちがイベントサークルなどを作って遊び呆けるようになると、キャンパスにはまた別な賑わいがやってくるが、それは、小早川が大学を出てからのことだ。

「私が大学に入った頃にはすでに大学紛争は終わっていましたが、まだ残り火というか、名残のようなものがありましたね。セクトの連中はまだタテカンを掲げて、時折拡声器を使ってアジ演説をしていました」

「私はアジ演説を聞いたこともありません。この大学に来て、この季節に初めて演説を聞きました。それがミスコン反対派の演説でした」

「そう言えば、今朝も誰かが演説をしていましたね」

「今年は反対派がなかなか強力なようです」

「ほう……」

先に小早川の研究室がある階に着いた。

「では、失礼します」

小早川が言うと、竹芝はかすかにほほえんだ。

「はい」


エレベーターを下りて研究室に向かいながら、小早川はいつかまた竹芝の研究室を訪ねたいと思っていた。

彼と特に話したいことがあるわけではない。部屋の雰囲気が好きなのだ。小早川は密かに心の中で、竹芝の研究室を「本のジャングル」と呼んでいた。

彼の研究室を訪ねるたびに、ありとあらゆる場所に並べられ、積み上げられ、詰め込まれた書物に圧倒されるのだ。そのたびに小早川は、まるで異世界に迷い込んだような気持ちになる。

もともと本がそれほど好きなわけではない。図書館に行ったところで、何も感じない。竹芝教授の研究室が特別なのだ。

ただの書物ではない。部屋の主の個性を反映しているのだ。そして、大切なのは単位面積、いや単位体積当たりに、立体的に詰め込まれた書物の量だ。

ドアを開けて自分の研究室に入る。

竹芝教授の研究室に比べて、何とも味気ないと、小早川は思う。

　部屋の一番奥に、窓を背にして机が置かれている。机はそれほど大きくはない。両側の壁一杯に作り付けの本棚があるが、まだ書物はそれほど多くはない。机の手前には、楕円(だえん)形の大きなテーブルがあり、それを椅子が囲んでいる。

　教授になってから、つまりこの部屋を与えられてからまだ日が浅い。竹芝の研究室に比べて味気ないのも無理はない。

　だが、その差は単に月日によるものなのだろうか。小早川はふと思う。

　何年経とうが、自分の研究室は竹芝教授の部屋のようにはならないだろう。

　小早川は、そこに教授としての格の違いを感じる。本来、大学には竹芝のような教授がふさわしい。

　昨今の大学は、社会に出てからの実務のことを考え過ぎる傾向があるように思う。実務などは、社会に出てから覚えるものだ。

　企業が即戦力を求めているのだと、大学関係者は言う。そして、それが文科省の方針でもある、と……。

　自分は決して学究の徒ではないが、本来大学というのは、ひたすら学び、知識と知性と知恵を蓄積すべき場所のはずだ、と小早川は思う。人類の知の蓄積は、経済活動などとは無縁の静謐(せいひつ)な世界で、粛々(しゅくしゅく)としかも情熱を持って続けられるべきものだ。

　まあ、これも教授となって日が浅いからこそ言えることなのかもしれない。その世界で長年暮らしてきた者たちは、嫌というほど現実に直面しているに違いない。

　就職率が落ちれば、学生は集まらない。そうなれば、国からの助成金もカットされる恐れがある。

　大学は国の方針に従わなければならない。そして、その国の方針を決めるのは、省庁という官僚機構と政治家だ。

どちらも日本をよりよい国に導こうとする大きな展望を失っているように、小早川には思える。

官僚は決められたことだけを熱心に遂行する。政治家は、選挙のことしか考えていない。それで国がよくなるはずがない。

教育は国家の根幹だ。なのに文科省のやっていることは、何もかもが場当たり的だ。かつての「ゆとり教育」。あれはいったい、何だったのだろう。

おかげで今では、アルファベットを最後まで言えない大学生がいる。九九ができない大学生までいるのだ。

大学はそんな文科省の指導にも従わなければならないらしい。それを考えると絶望的な気分になる。

だが、絶望している暇などない。ほんの四年ほど前までは警察官だった小早川が、大学教授としての、言わば第二の人生を歩み始めたのだ。

やらなければならないことがたくさんある。

取りあえずは、明日のゼミのための準備だ。小早川は、今年からゼミを受け持ちはじめた。三宿女子大では、三年と四年でゼミを履修するが、小早川は今年からゼミを担当することになったので、三年生のゼミだけで、まだ四年生のゼミは持っていない。

小早川ゼミは、別名『継続捜査ゼミ』と呼ばれている。研究テーマとして、未解決事件を取り上げることにしているからだ。

すでに解決している過去の事件を研究テーマにしてもいいが、それだとどうも緊迫感に欠けるような気がした。

かといって、起きたばかりの事件を取り上げるのはどうかと思う。警察が捜査情報を洩らすとは思えないし、マスコミの報道だけでは隔靴掻痒（かっかそうよう）の感がある。

その点、継続捜査中の未解決事件ならば、ゼミの要求を満たしていると、小早川は考えた。

ゼミ生は五名。一年目にしては、よく集まったものだと思う。人数が少ない分、まとまりはいい。

終業後にみんなで飲みに出かけたりするので、他の教授たちがうらやんでいるという話も聞く。

ゼミは、水曜日の午後三時からだ。三宿女子大では、一時限が四十五分で、原則的に二時限単位で授業が行われる。つまり、実質九十分授業というわけだ。

だから、ゼミが終わるのは午後四時半ということになる。それから夕食を兼ねて飲みに出かけることが多い。

たいていは、三宿交差点の近くにあるメキシコ料理レストランに出かける。小早川は、メキシコ料理が特別に好きなわけではないが、この店は団体席を確保しやすいのだ。

火曜日は授業がないので、出勤しないこともあるが、今日は調べたいことがあり、研究室にやってきた。

今までテーマにしていた事件の研究が一段落した。次の課題に目星を付けようと思ったのだ。今はパソコンをネットに繋(つな)いでたいていのことが調べられる。だから、自宅でも作業はできるのだが、やはり研究室に来ると集中力が高まる気がする。

さて、次はどんな事件を手がけようか……。

小早川は、ノートパソコンを立ち上げた。

結局、これといった事件を見つけられずに、翌日のゼミの時間を迎えることになった。

ノックの音が響く。ゼミ生たちがやってきたのだ。

「どうぞ」

「失礼します」

最初にやってきたのは、瀬戸麻由美(せとまゆみ)だった。身長は百六十五センチほど。栗色の長い髪だ。十月になると、もうすっかり季節は秋で、かなり涼しくなってきているが、麻由美は夏とほとんど変わらないと思われる露出度の高い服を着ている。

自慢げに張り出した胸と、その谷間が一般の男性には、かなり刺激的だろう。別な場所で、教え子でない女性がこうした恰好をしていたら、もちろん小早川にとっても刺激的だったはずだ。

彼女は、テーブルに向かった。いつもの席に座る。テーブルを時計に見立て、小早川の机の側を十二時とすると、その席は、十時の位置だった。

再びノックの音。

小早川が促すと、安達蘭子が入室してきた。

女性としては長身で、百七十センチはある。ショートカットでよく引き締まった体型をしており、いつもパンツ姿だ。それがとても似合っている。小早川は、スカートをはいた彼女を想像できなかった。

彼女はテーブルの六時の席に座った。彼女もいつもの席だ。

次にやってきたのは、戸田蓮だった。

身長は百五十五センチほどで、ゼミの中では一番小柄だ。ボブと言うらしいが、要するにおかっぱだ。彼女はいつもひかえめな印象がある。

小早川に会釈をすると、テーブルの八時の席に座る。これもいつもの位置だ。

その次は、加藤梓だ。

身長は百六十センチ。髪はセミロングで、知的な印象がある。自ら前に出るタイプではないが、たぶんこの梓がゼミのリーダー的存在であることは間違いないと、小早川は思っていた。

彼女は、テーブルの二時の席に座る。

最後に現れたのが、西野楓だ。

部屋に入るときに一礼し、テーブルの前でまた小早川に向かって礼をした。背筋がぴんと伸びていて、しかも、歩くときに頭部がまったく揺れない。上下も左右もしないのだ。

そして足音がしない。

身長は百五十九センチだ。本人が、あと一センチほしかったと言っていたので覚えているのだ。長いストレートの黒髪。

彼女は落ち着いた所作で、テーブルの四時の位置に腰かけた。これも定席だ。

五人のゼミ生は無言で、小早川の言葉を待っていた。

小早川は、机を離れて、テーブルの十二時の位置に腰を下ろすと、言った。

「さて、研修の題材として、新たな事件を取り上げようと思うのですが……」

小早川は、そこまで言って、どうしようかと考えた。昨日は何か課題になるような未解決事件を見つけようとして、うまくいかなかった。

さまざまな未解決事件があり、長年捕まっていない指名手配犯が何人もいる。だが、どれもゼミで取り上げるには、あまり適当でない気がした。

別にどんな事件でもいいはずだ。ゼミの研究対象にはなる。にもかかわらず、小早川は取り上げたいとは思わなかった。

趣味の問題かもしれない。大学の授業に趣味を持ち込むのもどうかと思うが、気が進まないのだから仕方がない。

それを正直に言うことにした。

「実は、取り上げたいと思う事件が見つからなかったのです」

ゼミ生たちは、何も言わずに小早川を見つめている。

見つからなかったと言っても、小早川が何とかしてくれると思っているのだろう。学生が先生に頼るのは当然のことだ。そのために教師がいる。だが、頼りすぎはよくないと、小早川は思った。

そして、最近の学生は教師や大学を頼りすぎるような気がする。

そこで小早川は言った。

「何か提案があったら聞こうと思います。いかがですか？」

しばらく無言の間が続いた。沈黙を破ったのは蘭子だった。

「一般に未解決事件というと、被疑者が捕まっていない場合を指しますね」

　小早川はうなずいた。

「そうですね。前回取り上げたのも、そういう事件でした。被疑者が捕まれば、四十八時間以内に送検され、捜査は検察の手に委ねられます。その時点で、警察としては事件が解決したと判断します」

「でも、被疑者がいても、解決したとは言えない場合もありますね」

「解釈にもよります。判決が出ない間は、解決したとは言えないという考え方もあります。被疑者逮捕の段階で事件が解決したというのは、あくまで警察の立場です。その先、刑が確定するまでは、検事と判事の仕事ということになります」

「犯罪の被害者、あるいは、被疑者・被告人となった人にとっては、刑が確定するまでは、決して事件が終わったとは言えないでしょう。送検すれば事件は終わりという考え方が、むしろ不自然なのではないかと思います」

「それは重要な指摘だと思います」

　小早川は、本心からそう言った。「私は警察官を長年やってきたので、すっかり警察内部の感覚が身についてしまっています。たしかに、あなたが指摘するように、被疑者逮捕、あるいは送検をもって事件が解決したという感覚は、警察官独自のものかもしれません」

「そして、ほとんどのマスコミは警察の取材に力を注ぎ、主に警察発表を報道します。そのために、私たち一般人は、犯人が逮捕されることが、事件の解決と感じてしまっています」

　小早川は再びうなずいた。

「普通、捜査というのは、証拠や証言から被疑者を割り出し、その身柄を確保するまでのことを言いますから……」

「送検後に、検察官による捜査がありますね？」

「ああ……。そうですね。本格的な取り調べは送検後に始まります。検事捜査は、被疑者逮捕に当たった捜査員がそのまま継続して担当することが多いですね」

「送検後も検察や警察による捜査が続くわけですね？　つまり、被疑者が送検された後も、捜査が継続していると考えるべきだと思うのですが」

「一般に世間で言われている警察の捜査は、被疑者の確保で終わります。その段階で事件解決と言われることが多いです。しかし、安達さんの指摘も正しいと、私は思います」

小早川は、他のゼミ生たちを見回して言った。

「それについて、みなさんはどう思いますか？」

「なんだか、難しくてよくわかんないけど……」

麻由美がウェーブのかかった栗色の髪をかき上げて言った。「遺跡の発掘とかに置き換えて考えてみていいですか？」

そうだった。麻由美は、超古代史とかオーパーツだとか、世界中の不思議な遺跡などに興味を持っているのだ。

小早川は話を促した。

「やってみてください」

麻由美が話しだした。

2

「何かを発掘するときには、文献や言い伝えをきっかけとして、さまざまな論証を加えて、どこに埋まっているかの目星をつける。これが、犯罪捜査では、被疑者の特定ということになるのかしら。実際には、掘り当てるまでにはたいへんな手間と時間がかかる。そして、ようやく何か掘り当てたとする。それが、被疑者逮捕に当たるんですよね。でも、発掘作業もそこでは終わらない。出土したものを、よう く調べて、それがいつの時代のどういう性格のものかを明らかにしなければならないの」

「そうですね」

小早川は言った。「それが検事捜査や公判に当たるかもしれませんね」

「そういうことなら、話はわかるわ」

「つまり、瀬戸さんも安達さんと同じで、被疑者逮捕が事件の解決ではないというお考えなのですね？」

「うーん。そうですねえ。どちらかというと、そうかも……」

小早川は、麻由美の奥に座っている蓮を指名した。

「あなたは、どう思いますか？」

「あ、えーと……」

蓮は決して自ら進んで発言するタイプではない。どちらかというと引っ込み思案だろう。指名されて戸惑った様子だ。

彼女は幼い頃体が弱く、ずいぶんと病院や薬の世話になったそうだ。おかげで、医療や薬にやけに詳しい。

「逮捕された人は犯人だという印象があります。それはマスコミの報道の仕方に問題があるのかもしれません」

「そうですね」

小早川は言った。「たしかに、私も子供の頃には、逮捕された人はみんな犯人だと思っていました」

それから小早川は、梓を指名した。梓は、落ち着いた様子で言った。

「たしかに戸田さんが言ったとおりの印象があります。それには、逮捕されたらほとんどが有罪、という事情が影響していると思います」

その発言は正確ではないと、小早川は思った。だが、自分がそれを正すよりも、ゼミ生に指摘させるべきだと思った。

「西野さんは、どう思いますか？」

無口な楓は、一瞬考え込むような顔になってから言った。

「加藤さんが言うとおり、たしかに有罪率の高さが影響していると思います。でも、ちょっと間違っているところもあると思います」

「ほう。どこが間違っていますか？」

「逮捕された人の有罪率が高いのではありません。起訴された人の有罪率が高いのです」

「西野さんの言うとおりです」

小早川は言った。「起訴された被疑者の有罪率は九十九・九パーセントだと言われていたことがあります。実際にはそこまでではないという説もありますが、高率であることは間違いありません。しかし、日本の場合、アメリカなどに比べると、逮捕者の起訴率がそれほど高くはないのです。アメリカではあくまで裁判で白黒を付ける、という主義ですが、日本では起訴の段階でさまざまな判断がなされます」

「あら……」

麻由美が目を丸くして言った。「捕まっても起訴されない人がけっこういるということかしら」

小早川は再びうなずいた。

「大雑把に言うと、逮捕者の起訴率は半分くらいでしょうか。犯罪の種類によっても違ってきます。起訴率が高いのは、覚せい剤取締法違反で、約八割が起訴されます。逆に起訴率が低いのは殺人で、約三割ほどでしかありません。傷害や窃盗が四割程度、詐欺が五割といったところでしょう」

　麻由美が目を見開いたまま言う。

「捕まっても、半分が起訴されないってことですか？」

「そういうことになります。ですから、逮捕されたらほとんどが有罪というのは間違っていることになります」

「でも……」

　蘭子が眉間（みけん）にしわを刻んで言う。「それでは、裁判官よりも検察官のほうが罪を裁く権限を持っている、ということになってしまいませんか？　起訴したらほとんどが検察官の主張が通る、ということでしょう？」

　小早川は言った。

「それについて、何か意見がある方はいませんか？」

　蓮がひかえめな口調で言った。

「無罪判決を出した裁判官は出世できないという話を聞いたことがあります。また、裁判官は無罪判決を出す訓練をされていないという話も……」

　小早川がそれにコメントする。

「それが本当かどうか、私にもわかりません。もしかしたら、そうなのかもしれませんが、起訴後の有罪率が高いのには、もっと別な理由があると、私は考えています」

　すると、蘭子が言った。

「刑事裁判のほとんどが量刑裁判だからでしょう」

　さすがだと、小早川は思った。

　蘭子は法律に詳しい。今からでも遅くはないので、どこか別な大学の法学部に移り、法曹界を目指すべきではないかと思う。

　だが、本人はあくまで法律の知識は趣味の範囲でしかないと言う。

麻由美が目をぱちくりさせて言う。

「それ、どういうこと？」

小早川が説明した。

「刑事裁判の多くは、すでに被告人が罪を認めているのです。そういう場合は、量刑、つまり刑罰の重さを決める裁判になります。これが量刑裁判と呼ばれます。被告人が罪を否認している裁判の有罪率は当然ながら下がることになります。こうした否認裁判は、刑事裁判全体の一割ほどでしかありません。つまり、九割がすでに被告人の有罪を前提としていて、量刑を決めるためだけの裁判、ということになるのです。有罪率が高いのは当然なのです」

「……だとすると……」

梓が言う。「やっぱり、罪を裁くのに検察官が大きな鍵を握っているということになるんじゃないですか？」

「そうね」

麻由美がうなずく。「検察官って、閻魔様みたいなものね。不起訴になれば極楽、起訴されれば、ほとんど有罪で地獄行き……」

梓が麻由美の言葉にこたえる。

「大雑把に言うと、起訴される被疑者の多くが、自白した人、ということになるわね」

小早川は言った。

「そこに、ある別の問題があると、指摘する人もいます。それは何だと思いますか？」

その問いに、真っ先にこたえたのは、やはり蘭子だった。

「自白至上主義ですね」

麻由美が言う。

「なあるほど。取り調べで自白が取れれば、量刑裁判となるので、安心して起訴できるということね」

蘭子はさらに言った。

「供述調書は、裁判官に納得してもらえるものでないと意味がありません。犯行の動機、犯意、状況などが詳しく書かれていなければならないのです。ところが、この供述調書は被疑者が書くわけではなく、あくまで取り調べをした警察官や検察官が書くわけです。被疑者はそれに押印をするのですが、そこに問題が生じる恐れがあるのではないかと指摘する声もあります」

「たしかにそのとおりです」

小早川は言った。「取り調べにおいて、『落とす』ことは刑事の手柄と言われています。検察官も、なんとか起訴をするために、被疑者を『落とそう』と考えます。そこで、いわゆる『作文』が行われる危険があるのです」

梓が怪訝そうな顔で聞き返す。

「作文ですか？」

「そう。警察官や検察官が、取り調べをもとに、犯行の動機や犯意、状況などを詳しく書き、それを読み上げて、被疑者に同意させるのです。もし、被疑者が押印をすれば、それで自白と見なされます」

蘭子が言った。

「被疑者逮捕で事件は終わらないのでは、と私が指摘したのは、まさにそういう点を検討したかったからです」

小早川は言った。

「つまり、冤罪の危険について考えたいということですね」

「はい。送検後、起訴されるのは、大雑把に言って半分くらいと、先生はおっしゃいました。それはつまり、半分以上の人が罪を否認しているということでしょう。判決が下っても上告したり、再審請求をしたりする被告人もいます。送検や起訴どころか、判決が下っても終わらない事件があるということではないですか？」

「わかりました」

小早川は言った。「あなたは、次にそういう事件を手がけたいと希望しているわけですね？」

「未解決事件という言い方をする限り、避けては通れないと思います」

「何か具体的な例をお考えですか？」

「いいえ。事件を見つけたわけではありません。もし、そういう事件を取り上げてもいいということになれば、探してみたいと思います」

小早川は他のゼミ生を見回して言った。

「安達さんの提案について、みなさんはどうお考えですか？」

真っ先にこたえたのは、麻由美だった。

「いいんじゃない？　冤罪とか、興味があるわ」

次に梓が言った。

「私もそれがいいと思います」

蓮と楓は、無言でうなずいた。

「では……」

小早川は言った。「次のゼミまでに、候補となる事件をみんなで持ち寄って、どれを採用するか検討することにしましょう」

今日のゼミではすでにやることはない。小早川は、残りの時間を、雑談に費やすことにした。

「みなさん、三女祭の準備で忙しいのではないですか？」

それにこたえたのは、梓だった。

「部活をやっている者や、サークルに入っている者は、準備に追われることになりますが、それ以外は、あまり関係がないです」

「みなさんは、部活とかサークルとかはやられていないのですか？」

引き続き、梓がこたえる。

「蘭子はバレーボールサークルに入っています」

「ああ、そうでしたね」

彼女らは、授業中は互いに苗字にさんづけで呼び合う。だが、こうして雑談になったり、飲みに行ったりした席では、名前を呼び捨てにする。

普段は、名前で呼び合っているのだろう。

苗字にさんづけか、名前を呼び捨てかのＴＰＯは、それほど厳密に守られているわけではないようだ。気分次第らしい。

「それから、蓮は茶道部に入っています」

「茶道部……。それは初耳ですね」

初耳だが、蓮に茶道部はいかにもお似合いだと思った。ひかえめな蓮に、和敬清寂（わけいせいじゃく）の茶の湯は似つかわしい。

「その他は……？」

「私と楓は帰宅部ですね。楓は、部活はやってませんが、町道場に通っています」

楓は、大東（だいとう）流合気柔術と直心影（じきしんかげ）流薙刀（なぎなた）を修行しているのだ。彼女の所作やたたずまいは、まるで侍のようだ。それが伊達（だて）ではない。大東流も直心影流もかなりの腕前らしい。

「瀬戸さんは？」

麻由美がこたえた。

「誘われて、他大学のサークルに入っていますけど……。バイトが忙しくて、それどころじゃありませんね」

「どんなバイトをされているのですか？」

「ガールズバーで働いています。先生、今度飲みにいらしてください」

本気で言っているのかどうかわからなかった。

だいたい、小早川はガールズバーというところがどういう飲み屋なのか、よく知らない。もし、生活安全部などにいれば詳しかっただろうに、と思う。

「他大学のサークルだったら、三女祭はあまり関係ないですね？」

「そうでもないですよ。サークルの仲間も三女祭にやってきますし……」

「なるほど……。加藤さんや西野さんはどうですか？」

梓がこたえた。

「私は直接、何か準備をしたりということには関わりはありませんね」

楓が重たい口を開く。

「私も関わりはありません」

「では、三女祭にはあまり関心がないということでしょうか?」

梓が言う。

「そんなことはありません。学園祭にはそれなりに関心があります」

「昨今の大学生は、あまり学園祭のような催しに積極的に参加しないのだという話を聞いたことがありますが……」

「それは、人によるんじゃないかと思います。私は何か手伝えと言われれば手伝いますし……」

「みなさん、ミスコンには興味はおありですか?」

五人はうなずいた。

関心があるということだ。それが、小早川には少々意外だった。なぜ、意外に思ったのか、自分でもよくわからない。

自分の教え子たちはミスコンなどには、あまり関心がないのではないかという先入観があったのかもしれない。

「もっとも……」

麻由美が言う。「自分が選ばれるわけじゃないのに、なんだか、気になるんですよねえ……」

「選ばれても、おかしくはないと思いますが……」

麻由美は笑った。

「まあ、そうおっしゃっていただけると、悪い気はしませんけどね」

厳密に言うと、セクハラになる発言かもしれない。女性の容姿に関する話題は避けたほうがいい。セクハラ、パワハラ、アカハラには、気をつけなければならない。最近は特に、そうしたことにうるさい。

どうにも息苦しい世の中になったものだが、それだけ弱者が守られているのだと思うことにしている。

「毎年、実行する側と反対派が衝突するんだそうですね」

「ああ……」

麻由美が言う。「恒例の行事みたいなもんですね」

「今年は、反対派がなかなか強力だという話を聞いていますが……」

蘭子が言った。

「そういう話は、毎年出るんです。でも、ミスコンが中止になったことはありません」

「なるほど……」

梓が説明する。

「ミスコンの応募は、夏休み前に締め切られます。そして、今は最終候補五人を選んでいる最中だと思います。三女祭当日に、五人の中からミス三女が選ばれます。三女祭のメインイベントとも言えますね」

そんな話をしているうちに、終業時刻になった。

今日は誰も飲みに行こうと言いださない。小早川もそういう気分ではなかったので、研究室で解散となった。

ゼミ生たちが出て行くと、小早川は机に戻って、しばし考え事をしていた。


冤罪か……。

心の中で、そうつぶやいていた。

警察官にとっては不名誉な言葉だ。

たしかに日本の警察は自白を重視する傾向にある。それはおそらく、伝統的なものだろう。

時代劇の捕物帖でも、犯人の自白をもって事件の解決とすることが多いはずだ。世の中はずいぶん進歩して、指紋だけではなく、DNA鑑定の精度も上がったし、町には防犯カメラが、そして自家用車にもドライブレコーダーが搭載されるようになり、物的証拠が入手しやすくなった。

科学捜査の重要性はずいぶん前から声高に主張されてきたが、それでもなお、自白が重視されているのだ。

逆に言えば、どんな反証があろうと、自白があれば罪に問えるということになる。そこが、冤罪の温床となると主張する者は少なくない。

現役の警察官時代には、そうした意見など糞食らえと思っていた。人権を訴える人たちが、どれくらい本物の犯罪者と向き合ったことがあるというのか。

たいていの犯罪者はしたたかだ。そして、取り調べは文字通り戦いなのだ。小早川も、取り調べでは、被疑者を「落とす」ことが何より重要だと思っていた。

冤罪のことなど考えている余裕がなかったのだ。現在もそうだろう。現役の刑事たちは、日々必死で戦っている。

だが、一歩現場を離れて冷静になってみると、蘭子たちの言うことも、もっともだという気がしてくる。

被疑者の確保、送検。そして、また次の事案へ……。事件は毎日起きる。現場の警察官たちは、日々仕事に追われている。

だが、どんなに忙しくても、どんなに疲れていても、決して手を抜いたり、いいかげんな考え方をしてはいけない職業がある。

医者や消防士などがそうだ。そして、司法に携わる警察官や検察官、裁判官も。

人は仕事に慣れる。でなければ、多くの仕事を的確にこなしていくことはできない。だが、決して慣れてはいけない部分もある。

事件は、警察官にとっては日常でも、当事者にとっては人生でたった一度の重大な出来事なのだ。それを忘れてはいけないと、思う。今だから思えるのかもしれない。

いずれにしろ、蘭子の提案は、私にとっても、きっと有意義であるに違いない。小早川はそう考えていた。

3

机の上を片づけて、帰宅しようとしていると、ノックの音が聞こえた。

「はい」

小早川が返事をすると、遠慮がちにドアが開いた。顔を出したのは、安斎幸助だった。

「あれ、今日はゼミの日でしたよね」

安斎は、目黒署の警察官だ。所属は、刑事組織犯罪対策課の刑事総務係だ。二十八歳の巡査部長で、独身だ。

「ゼミはもう終わったよ」

「みんなで飲みに行くんじゃないのですか？」

こいつは、ちゃっかりと女子大生との飲み会に便乗するつもりだったようだ。

「毎回飲みに出かけるわけじゃない」

「はあ……。そうなんですか……」

安斎は露骨にがっかりしている。わかりやすいやつだ。

ゼミがスタートするときに、小早川のほうから彼に声をかけたのだった。

現役の警察官が資料を提供してくれるということで、ゼミにハクがつくのではないかと考えたのだ。

もちろん、警察の内部資料や捜査資料などは持ち出すことはできない。だから、当たり障りのないものばかりということになるが、それでも警察から提供されたというところが大きなポイントだと思った。

実際には、図書館で新聞の縮刷版を当たったり、ネットで記事の検索をしたほうが詳しい資料が入手できるだろう。

学生たちには、安斎が提供してくれる資料を補う形で、そうした作業をしてもらう必要があった。

安斎は、何度かオブザーバーとしてゼミに参加し、そのまま飲み会にくっついてきたことがある。

それですっかり味をしめてしまったようだ。

独身の若い男性なのだから、無理もないとは思うが、大切なゼミ生たちに手を出させるわけにはいかない。小早川はそう思っていた。

「まだ終業時刻までは間がある。署を抜けだしていいのか？」

日勤の終業時刻は午後五時十五分だ。まだ、四時半を少し回ったところだ。

「今日は明け番です」

交代制ではない刑事にも当番がある。大雑把に言うと、朝まで勤務して、その日は休みになる。これを非番とか明け番とか呼んでいる。

「なら、帰って寝たらどうだ。疲れているだろう」

「いやあ、昨夜は事件もなく仮眠が取れましたから」

さすがに若いなと、小早川は思った。少しうらやましくなる。

安斎は、テーブルの向こうでたたずんでいる。どうしていいかわからない様子だ。飲み会がないとわかったものの、すぐに引きあげるわけにもいかないと思っているのだろう。

助け船を出してやろうか……。

小早川は思った。

「せっかく来たんだから、ちょっと相談に乗ってくれ」

安斎は、ぱっと顔を輝かせる。

「はい、よろこんで」

「再審請求事案のようなものに、心当たりはないか」

安斎は驚いた顔で言った。

「目黒署では、そういう事案は抱えてはいませんね。……というか、再審請求なんてことになったら、一大事です。滅多にあることじゃありませんよ」

「それはそうだが……」

「ゼミと関係があるのですか？」

小早川は、学生たちと話し合ったことを、かいつまんで説明した。安斎は腕組みして考え込んだ。

「再審は、刑が確定した後に、裁判をやり直す、ってことですから、控訴・上告なんかとはちょっと次元が違います」

小早川はうなずいた。

裁判の判決に不服がある場合は、上訴することができる。第一審から第二審に上訴することを「控訴」と呼ぶ。だから、第二審のことを「控訴審」と呼ぶこともある。

第一審が簡易裁判所だった場合、控訴審は地方裁判所で行われる。また、第一審が地方裁判所だった場合、控訴審は高等裁判所だ。

控訴審判決に不服がある場合も、さらに上訴することができ、これを「上告」と言う。控訴審が地方裁判所だった場合は、高等裁判所に、また控訴審が高等裁判所だった場合は、最高裁判所に上告する。これを「上告審」と呼ぶ。

たいていは第三審の上告審で確定するが、まれに憲法問題がある場合は、さらに最高裁判所で争われることがある。これを「特別上告」と言う。

「控訴は誰でもできる。だから、まあ言ってみれば日常的なものだ。上告も、それほど珍しいことではない。だが、君が言うとおり、再審請求となると、まったく次元が別の話だ」

「そうです。お話をうかがったところ、何も再審請求事案ではなくてもいいような気がしますが……」

小早川は、眉をひそめた。

「どういうことだね？」

「安達さんは、被告人が罪を認めておらず、裁判で結論が出ていないような事案を想定しているのだと思います」

小早川は、ちょっと考えてから言った。

「おそらくそのとおりだろうな」

「再審請求事案なんて、ちょっとやそっとで調べがつくようなものではありませんよ。自分らだって経験がありません」

「私だって、そんな事案に関わったことはない。もちろん、無期懲役だの懲役十年以上といった判決が出た重大な事案に関わったことはあるし、被告人が再審請求を申し立てたこともあったが、いずれも棄却された」

「そうです。再審なんてそう簡単に認められるものではありません。ですから、そういう事案について調べるのはいいですが、通り一遍のことしかわからないと思いますよ。検察も警察も、そういう事案に関してはぴりぴりしていますし……」

「だが、弁護側は喜んで情報を提供してくれるはずだ」

「どうでしょう。彼らだって、そう簡単に手札を切るわけにはいかないでしょう」

安斎は警察官なので、どうしても検察側に立った目線になる。それは仕方のないことだと、小早川は思った。

自分はどうだろう。

現職の警察官ではない。今は、捜査について客観性が求められる立場だ。

だが、長年警察官をやっていた。首までどっぷりと警察のやり方や考え方に浸かっていたのだ。おそらく中立よりも警察や検察寄りの見方をしてしまうのではないかと危惧した。

それにしても、中立というのはいったい何なのだろう。

右派、中道、左派。それを区別する物差しはあるのだろうか。

そして、検察側と弁護側。どちらにも寄っていないと誰が言い切れるだろう。

刑事裁判官の多くは検察側に寄っている。それは原則的にあってはならないことなのかもしれないが、警察官だった小早川から見てもそう思える。

司法は、罪を罰するためのものだという考え方が強く働いているからだ。本当は、法を適正に実行するためのものであるべきだ。

だから、司法において犯罪とその処罰は一部分に過ぎないのだろう。だが、実際には人を裁くのが法だと、一般には考えられているのだろう。

そして、法を遵守させるための暴力装置の一つが警察であることは間違いない。

暴力装置という言葉は誤解を招きやすいと小早川は思っている。だが、それはれっきとした社会学用語なのだ。

法に基づいて国家に許された実力行使をする組織。つまり、警察や軍隊を指すが、それが社会学においては暴力装置と呼ばれる。

「たしかに……」

小早川は言った。「君が言うことにも一理あるな。安達さんが言ったことの本質を考えれば、何も再審請求事案でなくてもいいわけだ」

「はい」

「被告人側が控訴している事案で、学生たちが興味を持ちそうなものはあるかな」

「そうですね……」

安斎は再び考え込んだ。「しかし、我々にとっては、あまりありがたくないテーマですね」

「言いたいことはわかるよ。私も同じことを考えていたところだ。冤罪と言われるのは、警察官にとって実に不名誉なことだ」

「はい……」

「だが、そこから眼をそらしてはいけないと、私は思う」

「そうですね」

安斎が神妙な顔になったのがおかしく、小早川は笑いだしそうになった。

「ゼミに提供できそうな、適当な事案があったら連絡をくれ」

「わかりました。今日は早く帰って寝ることにします」

「それがいい」

安斎は礼をして部屋を出て行った。

ゼミの翌日は木曜日で、小早川は七・八時限の『刑事政策概論』の授業を持っていた。七時限は午後二時四十五分から始まる。

大学で教えはじめたばかりのときは、遅くとも授業の三十分前には学科研究室にやってきて準備をしたものだった。

今では、すっかり慣れて、ぎりぎりの時間に出勤しても慌てなくなっていた。

時間ぴったりに教室に行ったりすると、学生の評判が悪くなるのだと、先輩の教授に言われたことがある。授業には遅れて行くものだと……。そして、少しでも早く授業を切り上げるのだ。

せっかくだから与えられた時間をぎりぎりまで使おうと小早川は思うのだが、学生にとってはまったくありがたくはないのだ。

だから結局、小早川も長い物に巻かれることになった。その日も、五分以上遅れて教室にやってきた。

すると、学生たちがビラを配っていた。驚いた小早川は、彼女らに言った。

「授業を始めるから席に着いてください」

すると、ビラ配りをしていた学生たちの一人が言った。

「私たちは、この授業を履修しているわけではありません」

「ならば、すぐに教室を出て行きなさい。授業時間なのです」

「少しお時間をいただけませんか？」

「何の時間だね？」

「私たちの考えを説明させていただく時間です」

「もう一度言います。授業を受けない者はすぐに教室を出て行ってください」

小早川は一歩も引かない姿勢を見せていた。ビラ配りをしている学生は三人いた。彼女らは互いに顔を見合わせた。

　時間をくれと言った学生が、再び口を開いた。

「お時間をいただけないのですね？」

「今は私の授業の時間です」

「わかりました。失礼します」

　その学生が教室を出て行くと、あとの二人もその後を追っていった。

　実を言うと小早川は、五、六分なら時間を与えてもいいと思っていた。だが、ここで甘い顔をするわけにはいかないと思った。

　大学紛争時には、活動家たちに教室を占拠されたりすることがあったそうだ。勘違いも甚だしいと、小早川は思っていた。

　自分の主張のために、他人の時間を奪うのは暴力だ。小早川は、暴力を黙って許すつもりはなかった。

　ふと彼は、学生たちの机の上にあったビラを一枚手に取った。

「ミスコン反対のビラか……」

　小早川は、アジビラがどういうものかよく知らない。昔は、ガリ版刷りのわら半紙をビラと称して配っていたそうだ。

　安価にしかも手軽に印刷する手段がガリ版と呼ばれるものしかなかった時代だ。ガリ版とは、ロウを塗った紙をやすりの上に載せ、鉄筆で文字などを引っ掻くように書き、ローラーに塗りつけたインクをそこからしみ出させてわら半紙等に印刷するものだ。正式には謄写版印刷という。

　原始的な印刷技術だが、おそらく何十年にもわたって便利に使用されてきた。現代のようなデジタルコピーが想像もできなかった時代のことだ。

　後で読んでみよう。そう思い、小早川がビラを持って教壇に立つと、学生の一人が手を挙げた。ショートカットの学生だ。

「何だね？」

「先生は、そのビラに興味をお持ちですか？」

「特に興味があるというわけではありません」

「では、どうして持ち帰ろうとなさるのですか?」

「どんな意見にも、触れてみる価値があると思っています」

「では、ミスコンについてはどう思われますか?」

「『刑事政策概論』で議論すべき内容ではないと思いますが、まあいいでしょう、質問にこたえます。大学で働き始めた当初は、意外に思ったものです。女子大でミスコンをやることが意外だったのです」

「なぜ意外だったのでしょう?」

その質問に、小早川はしばらく考え込まなければならなかった。

ここでへたなことは言えない。

セクハラだと言われるのは極力避けたい。

「それについては、自分自身でよく考えてみたいと思います。もし、それについて話し合いたいのなら、授業の後にでも研究室に来てください」

相手の学生は何もこたえなかった。

小早川は、授業を始めた。

午後四時十五分に八時限が終わる。小早川は四時十分に授業を終えて、研究室に引きあげた。

帰宅の準備をしていると、ノックの音がした。

「どうぞ」

小早川がこたえると、ドアが開き、先ほど教室で質問した学生が顔を見せた。小早川は驚いた。話し合いたいのなら来いとは言ったものの、本当にやってくるとは思っていなかったのだ。

「先ほどの話の続きですか?」

「はい」

幸い時間はある。議論したいのなら受けて立とう。小早川はそう思い、言った。

「どうぞ、かけてください」

彼女は一瞬戸惑ったように立ち尽くしていたが、やがて「失礼します」と言って、小早川の席から一番遠い場所にある椅子に腰を下ろした。いつも蘭子が座る席だ。

　ジーパンをはいた彼女は、いかにも活動的に見えた。

　小早川は言った。

「まず、お名前と、学科学年を教えていただけますか?」

「高樹晶です。現代教養学科三年です」

「私のゼミの学生と同じ学科ですね」

「はい」

　小早川の授業を受けているのだから、当然考えられることだった。そして、小早川は彼女の名前を覚えていた。もちろん顔にも見覚えがある。ショートカットに大きな目が印象的だ。名前と顔が一致していなかったのだ。

　学科全員の顔と名前を完全に把握するのは無理だ。ゼミの学生以外は、授業時間に見かけるだけだ。

「私のこたえが聞きたくて、ここにやってきたというわけですね?」

「そうです。なぜあの場でこたえていただけなかったのですか?」

「不用意なことを言いたくなかったのです。どうこたえても、女性蔑視と取られかねない内容ですから」

「実際に、女性を蔑視なさっているのでは……?」

「そうではないと思いたいですね」

「質問のこたえをうかがいたいです」

「女子大でミスコンをやることに、私は意外だと感じた。なぜそう感じたのか、という質問でしたね?」

「はい」

「女性が美を競うコンテストに関心を寄せるのは、主に男性だと思ったからです」

「それは女性を商品化して見ているということになりませんか?　つまりは性の商品化です」

　小早川はかぶりを振った。

「そんなつもりはないし、自分自身を分析してみても、そういうことではないと思います。女性の美しさには男性が関心を持つ。また、男性の魅力には女性が関心を持つ。互いに異性に関心があるということだと思います」

「男性のコンテストよりもミスコンのほうが圧倒的に多いことを見ても、そこには差別的な要素があるのは明らかです」

小早川は驚いて言った。

「どうして、明らかだと言い切れるのですか。あなたがそう思うのは自由です。しかし、それが普遍的な事実であるかのような言い方をすべきではないと、私は思います」

「ではどうして、世の中には男性のコンテストよりもミスコンのほうが圧倒的に多いのだと、先生はお考えですか？」

「古今東西、女性の美しさは賞賛に値するものだったのです。一方、男性は美しさよりも別の側面を評価されたのだと思います」

「美しくない女性は評価されないということですか？」

「そうではありません。美しさも評価の対象になるということです」

「女性がステージの上で露出度の高い衣装で容姿を競い合う……。それはやはり性の商品化につながります」

適当にあしらうわけにはいかない。本腰を入れて議論しないと、面倒なことになる。

小早川はそう思った。

4

小早川は慎重にこたえた。

「美しいものを美しいと言えない世界は、どこかいびつだと、私は思います」

「そういうこととは別の話だと思います」

「あなたが別の話にしているだけのような気がします」

「人は男女の別なく、実力を評価されるべきだと思います」

「人が何をなし得るかということについては、その考え方は正しいと思います。例えば、会社の人事においては、男女の差別があってはならないと思います。しかし、私はやはり、男と女は違うものだと思います。その違いがあるからこそ、人生は豊かになるのだと思います」

「それは差別を前提とした発言だと思います」

「差別ではなく区別だと思っています」

「それは詭弁(きべん)に聞こえます」

「どんなに科学が進んだとしても、男が子を産むことはできません。それは厳然とした事実です。女性には女性にしかできないことがあり、男性も同様です」

「アメリカでは、かつて男性の仕事と見なされてきた警察や消防、軍隊などに女性が進出しています」

「女性警察官には、重要な役割があります。私は警察官だったので、そういうことをよく認識しているつもりです。にもかかわらず、女性警察官を機動隊員のような危険で過酷な任務に就かせることには抵抗があります。おそらく、消防士や兵士としての仕事においてもそうでしょう」

「それはなぜですか?」

「男性のほうが体力的に圧倒的に勝っているからです」

「そのへんにいる男性よりもずっと体力のある女性

だっています」

「そう。訓練次第で、女性もかなりの体力を得ることができます。しかし、同じ訓練をしたとしたら、男性のほうがずっと体力がつきます。根本的に体の造りが違うのです。オリンピックなどのスポーツ競技を見れば一目瞭然でしょう。機動隊や消防士、兵士の任務は、危険と背中合わせです。そういうときは体力がものを言うのです。想像してみてください。消防のレスキュー隊は人の命を救うのが仕事です。わずかな体力の差が、人の命を救えるかどうかの分かれ目になることもあるのです」

「それぞれの職務において、体力の基準を設ければいいだけのことです。男性であろうが、女性であろうが、その基準をクリアすれば仕事に支障はないはずです。事実、アメリカではそういうやり方をしている州が多いと聞いています」

　アメリカの社会が、自分にとって住みやすいものかどうか、小早川にとってはおおいに疑問だった。だが、それは言わないでおくことにした。

　高樹晶には彼女なりの理想があるのだ。そして、男女に平等なチャンスが与えられているアメリカの都市部のやり方が、その理想に近いのかもしれない。

　彼女の理想と自分の理想を比較してみることは、小早川にとって興味深いものだった。

　自分のミスコンに対する考えは、端的に言ってしまえば、「そう目くじらを立てるなよ」という程度のものでしかない。

　小早川にはその自覚があった。それほど突っこんで考えてみたことがなかったのだ。それでは、高樹晶にかなうはずがない。

　小早川は言った。

「実は、君に質問されるまで、ミスコンについて深く考えたことがなかったのです。このままではいけないと、私も思います。少し考える時間をくれませんか」

高樹晶はうなずいた。

「ミスコンが性の商品化につながり、それは女性に対する差別であることを、ちゃんと理解していただきたいと思います」

「それを理解できるかどうかはわからない。私なりの考えをまとめてみたいと思います」

「先ほどのビラを読んでみてください」

なるほど、彼女はビラを配っていた学生たちの仲間というわけか。

「わかりました。読んでみましょう」

「あらためて先生のお考えをうかがいに来ていいということですね？」

「もちろんです。君と議論することは、とても有意義だと思っています」

高樹晶が、初めてほほえんだ。

すると、印象が一変した。実に愛くるしい表情に見えた。

だが、それを指摘されることを、彼女は喜ばないだろう。いや、本心では嬉しいと思うかもしれないが、それを自分自身で認めようとはしないに違いない。

彼女はそういう立場を自分自身に強いているように、小早川には思えた。

高樹晶が立ち上がり、礼をした。

「失礼します」

小早川はうなずいた。彼女は部屋を出ていった。

すると、すぐにまたノックの音が聞こえた。

「はい」

ドアが開き、蘭子と梓が入ってきた。

「おや、どうしました？」

小早川が尋ねると、蘭子が言った。

「昨日ゼミで言ったことなんですが……」

「再審請求のことですか？」

「はい」

「それが何か……？」

「ちょっとだけ調べてみたのですが、とても短期間で調べきれるようなものではないということがわかったのです」

補足するように梓が言った。

「再審を求める人というのは、必死なのだと思います。死刑とか無期懲役とか、重い罪の場合が多いですから……。それを、中途半端な形で取り上げたりするのは、どうかと思ったんです」

小早川はうなずいた。

「目黒署の安斎君とも話をしてね、私たちも同じことを考えていたのです。たぶん、再審請求されているものでなくても、安達さんの問題意識に合致するような事案があるのではないかと、私たちは話し合いました」

「はい」

蘭子が言った。「起訴が決して終着点ではない。そういう思いが強いのです」

梓が言う。

「うまくすれば刑罰を免れることができる。あるいは、軽くすることができる。そういうよこしまな思いで、罪を認めなかったり、上訴したりする人もいるでしょう」

小早川は言った。

「そのとおりです。警察官の経験から言えることは、犯罪者の多くはしたたかだということです。それを検挙し、取り調べをする立場の者は、それなりの強い姿勢で臨まなければなりません。でないと、仕事ができないのです」

「でも、本当に濡れ衣を着せられていたり、違法捜査だったり、警察や検察の間違いの場合だってあるでしょう。そして、そういう場合の被疑者や被告人たちは、たとえ判決が下ろうと諦めることができないのではないでしょうか」

「そういうケースはごく少数だと、私は思いたいですね」

「痴漢の冤罪で、最高裁まで行った例がありました」

蘭子が言った。「罪を認めればすぐに帰れるというようなことを、捜査員は言うそうですね。認めなければ、どんどん罪が重くなるというような脅しをかけたりもすると……。だとしたら、少数だとは言い切れないのではないでしょうか」

たしかに痴漢などの場合、罪を認めていれば示談になるケースも多いし、量刑もそれほど重くはない。

罪を認めない限り、取り調べを続けなければならず、捜査員としては一刻も早く事件を片づけたいと思っている。

だから、ついそういうことを言ってしまうのを、小早川は理解できないわけではなかった。

もしかしたら、自分も現職時代に似たようなことをやったかもしれない。

刑事にとって犯罪は日常だ。次から次へと事件が起きる。刑事はそれに対処しなければならない。そこに慣れが生じる。つまり、対応がいい加減になる恐れがあった。それは否定できなかった。

しかし、被疑者や被告人にとっては唯一無二の事件なのだ。それは一生を左右する一大事に違いない。

刑事は、痴漢の事案などさっさと片づけたいと思う。罪を認めてさえくれれば、あとはほとんどルーティーンワークだ。

だが、痴漢の嫌疑をかけられた者にとっては、それどころではない。家庭内や職場では大問題になるはずだ。

仕事を辞めるはめになるかもしれないし、離婚に発展するかもしれない。

蘭子と梓は、そういうことを言いたいのだろう。それは言い換えれば、罪を裁く側と裁かれる側の温度差だ。

「では、再審請求にはこだわらずに、広く控訴・上告も含めて考えることにしましょう。さらに、取り調べ等の捜査の可視化についても考えることにしま一安心した。

しょう」

「はい」

蘭子が言った。二人は満足そうだった。

小早川はゼミのテーマの方向性が決まったことで一安心した。

梓が言った。

「ところで、先生……」

「何でしょう？」

「今、研究室から出ていったの、高樹さんですよね」

「そうです。彼女を知っているのですか？」

「ええ。同じ学科ですし……」

蘭子が言った。

「彼女、ちょっとした有名人ですしね」

「有名人……？」

「先生はご存じないのですか？　彼女はミスコン反対派のリーダーです」

「あ……」

小早川は思わず声を上げていた。「彼女がリーダー……？」

蘭子が「そうです」とうなずく。

ビラ配りをしていた学生たちの仲間だと思っていたが、実はリーダーだったということだ。

言われてみると、一昨日キャンパス内で演説をしていたのは彼女だったような気がする。

梓が尋ねた。

「彼女は、どんな用事で研究室に来たのですか？」

小早川はほほえんだ。

「そういう質問にはこたえづらいですね。もし、逆の立場だったら、どう思います？」

「逆の立場……？」

「そう。あなたがここを訪ねてきた理由について、誰かが私に質問したとしたら……」

「たしかにいい気持ちはしませんね」

「ですから、私はこたえたくありません」

「私は、心配しているんです」

「心配……？　なぜです？」

「彼女はとても理屈っぽいですし、議論で人に負けるのが何より嫌なのです。先生が議論を挑まれているんじゃないかと思って……」

「たしかに、少しばかり議論をしました」

「何について……？」

「ミスコンについてです。反対派のリーダーと聞いて、なるほど、と思いました」

「ミスコンについて……」

蘭子が興味深げに尋ねた。「彼女はあくまで反対だと主張したわけですね」

「そうですね」

「それに対して、先生はミスコンの推進派だということですか？」

小早川はかぶりを振った。

「そういうことではありません。今日、『刑事政策概論』の授業が始まるときに、反対派の学生たちがビラを配っていました。私は、それを読んでみようと思い、持ち帰ることにしました。高樹さんはそれを見て、私に声をかけてきたのです」

「あら……」

梓が意外そうに言う。「彼女、『刑事政策概論』を今頃取っているんですね」

そう言えば、梓や蘭子たち小早川ゼミ生たちは、すでに二年生のときにその授業を履修していた。

蘭子がさらに質問する。

「どういう議論だったのですか？　もし、差し支えなければ、教えていただけますか？」

差し支えないかどうか、考えてみた。

そして、別に問題はないだろうと思った。

「高樹さんは、ミスコンが性の商品化につながると言っていました。それは女性差別なのだ、と……。私は、そこまで深く考えたことがありませんでした。ただ美しいものを美しいと言えない世の中はいびつだというようなことを、私は言いました」

「彼女は、納得しなかったでしょうね」

「ええ。ミスコンは性の商品化だという主張を曲げようとはしませんでしたね。私は男女差別はいけないが、男女の区別があるのはいたしかたのないことだと言いました。高樹さんはそれについても納得しない様子でしたね」

「彼女は、女性は差別されていると考えているのです」

「それは単に理念としてなのでしょうか？　それとも何かそう思い込むきっかけのようなものがあったのでしょうか」

蘭子は肩をすくめた。

「さあ、どうでしょう。私は知りません」

梓も首を傾げる。

「そういうことについて、彼女と話をしたことはありませんね」

「調べてみてもらえませんか？」

蘭子と梓は驚いた顔になった。蘭子が尋ねた。

「女性が差別されていると、彼女が考えるようになった理由を探れとおっしゃるのですか？」

「もし、可能ならば……」

「なぜです？　先生は、なぜそんなことをお知りになりたいのです？」

「彼女の思想のバックグラウンドを知っておきたいのです」

蘭子は、小早川のこたえを聞いて、しばらく何事か考えている様子だった。

小早川はさらに言った。

「今年は、高樹さんがいるおかげで、反対派が強力で、もしかしたらミスコンが中止になるかもしれないという話を聞きました」

梓がそれにこたえた。

「たしかに、今年の反対派は強力ですね。高樹さんがいたら、おっしゃるとおり、ミスコンは中止になることも考えられます」

蘭子が梓に言った。

「毎年、何だかんだ言ってるけど、結局開催されるじゃない。三女祭のメインイベントなんだから」

「何が起きてもおかしくはないわよ」

「でも、ミス三女はもう、ほぼ決まっているんだし……」

その言葉に、小早川は驚いた。

「ミス三女がもう決まっている……？　まだ、決勝大会に出場する五人を選んでいる段階だと聞きましたが……」

蘭子がこたえる。

「もちろん、たてまえはそうです」

「たてまえは……？　では、実際はどういうことになっているんです？」

「谷原さんで、ほぼ決まり。誰もがそう思っているんじゃないかしら……」

「谷原……？　誰です、それは」

「谷原沙也香。日本語日本文学科の二年生です。高校時代に読モをやっていたんです」

「読モ……」

「ファッション雑誌の読者モデルです。プロのモデルじゃなくて、読者の中から選ばれたモデルのことです。まあ、どこかのプロダクションに所属しているようなケースもあるようですけど……」

「プロダクションですか。その谷原さんは？」

「所属とかはしていないようです。女子アナ志望のようですから……」

「女子アナ……」

梓が言う。

「ええ、そうです。ですから、彼女は放送研究会に入っています」

蘭子がさらに言う。

「ミス三女が、彼女でほぼ決まりだというのは、他にも理由があります」

「何です、それは……」

「大きなイベントサークルが、彼女を後押ししているんです」

「イベントサークル……。三女のサークルですか？」

「違います。いくつかの大学が集まってできたサークルで、毎年いくつかのイベントを主催しているんです。谷原さんは、放送研究会なので、そのサークルのイベントでMCをやったりして、つながりができたんです」

「いくつかの大学が集まってできたサークル……。つまり、男子学生もいるということですか？」

「もちろんです」

「それが、三女祭と何か関係があるのですか？」

「実行委員会がそのサークルと強いつながりがあるんです。協力団体ですね。……というか、そういうイベントサークルが持つノウハウなしでは、三女祭はできないんじゃないでしょうか」

「何というサークルなんですか？」

「メディアソサエティーといいます。五つくらいの大学の学生が集まってできたサークルです」

大学の枠を超えたイベントサークルと聞くと、あまりいい印象を抱かない。それは自分が年を取ったせいだろうかと、小早川は思った。

いや、そうとも言い切れないだろう。女性に対する暴行などの問題を起こしたサークルもあった。

「つまり、三女祭の主催者側が、谷原さんをミス三女に推しているということですか？」

「はい。そういうことですね」

小早川は考え込んだ。

蘭子と梓が顔を見合った。それから、蘭子が小早川に言った。

「では、私たちは失礼します」

「ああ……。では、ゼミで取り上げる事件について、具体的に考えておいてください」

「はい」

二人は部屋を出て行った。

それからしばらく小早川は、メディアソサエティーとミス三女について考えていた。そして、ふと思った。

谷原沙也香は、日本語日本文学科だと言っていた。ならば、竹芝教授が何か知っているかもしれない。

今度会ったら訊いてみよう。

小早川はそう考えていた。

5

竹芝教授と話す機会は、意外と早くやってきた。

高樹晶に会った翌日は金曜日で、小早川は三・四時限の『捜査とマスコミ』という授業を持っていた。

四時限の終了は十二時十五分だが、小早川は五分ほど早く授業を終えた。食事にしようかと思ったが、どうせ食堂は混み合っている。

三十分か一時間、研究室で時間をつぶそうと思った。たいていそうしている。

教授館にやってくると、エレベーターホールに竹芝教授がいた。

彼は小早川を見ると言った。

「やあ、先日も同じように、ここで会いましたね」

「ちょうどよかった。ちょっとうかがいたいことがあったんです」

「私に訊きたいこと……？」

「ええ。ミス三女についてなんですが……」

「たしか、先日もそんな話をしましたよね。でも、それはずいぶんお門違いな気がしますねえ」

小早川は肩をすくめた。

「まあ、私にとってもお門違いなんですがね……」

「食堂に行こうかと思ったんですが、どうせ混んでいるだろうから、研究室に戻ることにしたんです」

「私も同じです」

「では、私の研究室にいらっしゃいませんか」

「それはありがたい。荷物を置いてすぐにうかがいます」

エレベーターが来て二人は乗り込んだ。


小早川は「本のジャングル」を訪ねた。いつものように、おびただしい書物に圧倒される。

この部屋では、竹芝教授が魔法の国の主のような存在に変身する。小早川は密かにそう思っていた。

もちろん竹芝教授の机の上にはノートパソコンもあるし、彼はそれを使いこなしているわけだが、この部屋では書籍のほうがずっと存在感があるのだ。

「本のジャングル」では、明らかに書物がある種の魔力を持っており、竹芝教授はそれを管理しているように思える。

「まあ、おかけください」

竹芝教授が窓を背にした自分の席に座り、小早川に来客用の椅子をすすめた。

小早川は言われたとおり、椅子に腰かけた。

「今、コーヒーをいれましょう」

「ああ、お構いなく……」

「いや、私が飲みたいので……」

「そういうことなら、遠慮なく」

竹芝教授が自らコーヒーメーカーをセットする。すぐに芳香が漂いはじめた。

彼は席に戻ると言った。

「それで、ミス三女のことというのは……？」

「谷原沙也香という名前を、私のゼミの学生から聞きました」

「ああ……。谷原さんですか」

「先生の学科の学生ですね？」

「ええ、日本語日本文学科の二年生ですね」

「ミス三女は、事実上、その谷原さんで決まりだという話ですね」

「どうなんでしょう。コンテストは厳正に行われるはずです」

「いろいろ裏があるのかもしれません」

竹芝教授は首を傾げた。

「私にはそういうことはわかりません。他にもっと詳しい人がいると思いますよ」

「ああ……。私は別に裏工作について知りたいわけではないのです」

「では、何をお知りになりたいのですか？」

「まず、谷原さんがどんな学生か、ですね」

竹芝教授は、ちょっと戸惑ったような顔をすると、無言で立ち上がった。まずコーヒーを注ぐことにしたようだ。

彼はマグカップと、ソーサー付きの古風なカップにコーヒーを注いだ。ソーサー付きのカップを小早川の前に置き、マグカップは自分の机の上に置いた。

一口コーヒーをすすると、竹芝教授は言った。

「谷原さんの成績は中くらい。出席もまあそこそこですね」

「どうも、真面目な学生というわけではなさそうですね」

「今時の学生はみんなそうですよ。いや、昔からそうだったかな……。ちゃんと出席して、レポートや試験で常に好成績を修める学生なんて、ほんの一握りでしたね」

「私は、ダメ学生でしたね。出席はぎりぎり、テストの成績もビリから数えたほうが早かったと思います」

「そういう学生が多数派でしたね」

おそらく、竹芝教授はそうではなかったのだろうと、小早川は思った。そうでなければ、これだけおびただしい数の書物を読むことなどできなかっただろう。

人間が一生のうちに読める本は限られている。そう考えると、若い頃にずいぶん時間を無駄にしたものだと、小早川は思った。

還暦を過ぎた今からでも遅くはない。死ぬまでに一冊でも多くの本を読もうと、小早川は思っていた。

「つまり、谷原さんはごく一般的な学生ということですね」

「一般的という言葉の定義にもよりますが、彼女はたしかに普通とは違う一面があります」

奥歯に物が挟まったような言い方。理由はわかる。セクハラやアカハラと言われることを警戒しているのだ。

「ここでの話は外には出ませんよ。私を信頼してくださるのなら、思ったことをそのままおっしゃってください」

竹芝教授は、一瞬間を置いてから言った。

「谷原さんの容姿は群を抜いています。美人でスタイルがいい。それだけで人気者になるのです」

「女子大でもやはり、美人が人気なんですね」

「……といっても、人気者になる理由は一つではありません。性格や人付き合いの仕方で人気者になる学生もいます。リーダーシップを発揮して人気者になることもある」

「なるほど、容姿が美しいというのは、一つの要素でしかないということですね」

「そうですね。谷原さんは、成績はそこそこですが、放送研究会に入って積極的に学園生活を楽しんでいるようです。それは、いいことだと思います」

「将来、アナウンサーになりたいと言っているそうですね」

「本人からそういうことを聞いたことはありませんね」

「うちのゼミの学生が言っていたのです」

「なら、そうなのでしょう。学生同士の情報のほうが確かですよ」

「学外のサークルとのお付き合いもあるということですが、それについてはご存じですか？」

「学外のサークル？」

「ええ。いくつかの大学の学生が集まって作っているイベントサークルだということです」

「ああ、それは三女祭にも協力しているサークルのことでしょう。たしか、メディアソサエティーと言いましたか……」

「それです」

「いくつかの大学にまたがったサークルというと、私なんかは、遊び好きの男子学生がよこしまな目的で作ったものと、勘ぐってしまいますが……」

小早川は再び肩をすくめる。

「まあ、私も同様です。学生の話によると、谷原さんは、イベントの司会などをやる関係でそのサークルと関わりを持つことになったということです」

「おそらくサークル内でも谷原さんは、人気の的だと思いますよ」

「誰かお付き合いしている人はいるのでしょうか？」

竹芝教授は驚いたような顔になった。

「そんなことを教授同士が話し合ったことが明るみに出たら、たいへんですよ」

「ただの世間話です」

「その世間話すら許されないのが、今の世の中です。昔はおおらかでしたね。研究室で煙草を吸うのも当たり前でしたしね……」

「え……？　先生は煙草を吸われるのですか？」

「学内が禁煙になってから、やめました。吸う場所を探すのが面倒になりましてね……」

「喫煙者には厳しい世の中になりました」

「厳しいのは喫煙者に対してだけではありません。学生の容姿に関することや、男女交際など個人的なことを公の場で話題にすると、それだけで問題になります」

「ミスコンなんかへの風当たりは年々厳しくなるようですね。実は昨日、ミス三女反対派のリーダーと話をしたんです」

「ほう……。リーダーと……。どうしてまた……」

小早川は、教室でのビラ配りから始まり、反対派リーダーが研究室を訪ねてくるまでの一連の出来事を簡潔に説明した。

話を聞き終えると、竹芝教授が言った。

「それはさぞかし、面倒な話になったのでしょうね」

「ええ。私は、いかに自分がミスコンなどについて、考えが浅かったかを思い知りました」

「普段、ミスコンについて考える機会など、あまりありませんからね」

「しかし、私は曲がりなりにも現代教養学科の教授ですからね。男女差別なんかのことも、真剣に考えておかなければならないと思います」

「反対派のリーダーというのは、何者です？」

「うちの学科の三年生です」

「現代教養学科の……」

「高樹晶という名前です」

「高樹さんなら知っています。たしか私の授業を履修したことがありました。優秀な学生でしたよ」

「男女差別について、強い思いを抱いているようでした。その理由について、ゼミ生たちに調べるように言ってあるのですが……」

「理由を調べる？　何のために……」

「理解したいからです。私は別にどんなことを主張してもいいと思っています。ただ、高樹さんが、かたくなにミスコンを男女差別に結びつけようとするのには、何か理由があるのかもしれないと思いまして……」

「まさか、高樹さんに個人的な興味を持たれたわけではないでしょうね？」

「個人的な興味……？」

「つまり、思いを寄せているとか……」

　小早川は笑った。

「さすがに文学的な表現ですね。そういうことでは、まったくありません」

「ですが、用心したほうがいいです。学生を使って誰かのことを調べさせた、なんて噂が広まったら、面倒なことになりますよ」

　小早川は笑顔のまま言った。

「それは、いくらなんでも考え過ぎでしょう」

「どんなに用心しても、用心し過ぎることはありません。瓜田に履を納れず、李下に冠を正さず、です。女子大で教授をやるというのは、そういうことなんです」

　小早川は真顔に戻った。

「わかりました。肝に銘じておきましょう」

「理解したいとおっしゃいましたね？」

「ええ、そうです」

「では、また高樹さんとお会いになるおつもりですか？」

「そういうことになると思います。もし、彼女がそれを望むなら……」

「そうですか……」

「参考までにうかがいたいのですが……」

「何ですか」

「先生は、ミスコンが男女差別になるとお思いですか？」

「さあ、どうでしょう」

「高樹さんは、性の商品化につながる、と言っているのですが……」

　竹芝教授はしばらく無言だった。いろいろと考えを巡らせているのだろう。やがて彼は言った。

「そういう側面は否定できないと思います。そのときに重要なのは、誰がどのように選ぶか、ではないかと思います」

「誰がどのように選ぶか？」

「ミスを選ぶのが男性だけだとしたら、差別的だと言われても仕方がないでしょうね。そこには、間違いなく性的な好奇心が介在することになるでしょうから……」

「性的な好奇心……。それは、平たく言えば、スケベ心ということですね？」

「まあ、そういうことです。そして、そうした評価が性的な商品価値を生むことは間違いないのです」

「たとえば、グラビアとか……」

「はい」

「しかし、それはミスコンの出場者個人個人の問題でもあるのではないですか？　ミスコンの優勝者が全員、グラビアを撮るわけではないでしょう」

「しかしもし、グラビアなど女性の肉体を露出することを商業活動に利用する行為に、ミスコンが役立っているとしたら、それは、高樹さんが言うとおり、性の商品化に一役買っているということになると思います」

「女性がそれを望んでいるとしても……？」

「それを望んでいる？」

「つまり、グラビアアイドルになるようなことを、です」

「もし、そういうシステムがなければ、女性はそんなことを望んだりはしないかもしれません。そして、そういうシステムを作り上げたのは、間違いなく男性なのです」

「では、先生は、高樹さんの意見に賛成なのですね？　ミスコンは男女差別であり、性の商品化につながる、と……」

竹芝教授は、にっと笑った。

「突き詰めるとそうなるかもしれませんね。でも、物事は何でも突き詰めればいいというものではありません。ミスコンに選ばれることをうれしいと思う女性が、事実いるわけですから、それはそれでなくす必要もないと思います」

「なるほど……」

小早川はうなずいた。「何でも突き詰めればいいというものではない、ですか……。本質はそこにあるような気がしますが、それでは高樹さんは納得しないでしょうね」

「そうですね。ひどい肩凝りのようなものですから」

「え……？」

小早川は竹芝教授が何を言っているのか理解できなかった。

「思考も凝るのです。肩凝りのようにね。血流が悪くなるように、思考が滞る。すると、何を見聞きしても、その凝り固まった思考パターンに当てはめてしまう。対話はマッサージです。しかし、ひどく凝ってしまっては、マッサージも効きません」

「そういう場合は、どうしたらいいんでしょう？」

「本当は、本人が体を動かすように、思考の体操をすればいいんですがね……。私が勧めるのは、やはり読書ですね。それも、偏ったものを読むのではなく、あらゆるものを乱読するんです」

小早川は、「本のジャングル」を見回した。

「なるほど……」

「しかし、それには時間がかかる。根気よくマッサージするのも、それなりに効き目があると思います」

「根気よくマッサージ、ですか」

「そう。対話です」


午後一時を過ぎて、そろそろ食堂もすいてきた頃だろうから、小早川と竹芝教授は食事に行くことにした。

小早川は、「本のジャングル」を去るのが、少しばかり名残惜しいと感じていた。

食堂にやってくると、小早川は今日の定食を、竹芝教授はてんぷらそばを注文した。トレイにそれぞれの昼食を載せて、テーブルに着く。

するとて、隣のテーブルにいた学生が立ち上がり、二人に礼をした。

小早川はその行動に驚いた。今時、わざわざ立ち上がって礼をする学生は珍しい。竹芝はその学生に礼を返した。

小早川もそれにならって会釈した。

学内ではジーパンなどラフな恰好をしている学生が多いが、その学生はとてもすっきりした装いだった。

ボーダー柄のカーディガンに、膝丈のベージュのスカートをはいている。

彼女はノートパソコンで何か調べ物をしていた様子だったが、友達の姿に気づいたらしく、荷物を片づけると、「失礼します」と言って去っていった。

彼女が歩いて行くと、三人の友人らしい学生に囲まれた。

割り箸を割ると、竹芝教授が言った。

「今のが、谷原さんです」

「ああ、なるほど……」

たしかに、眼を引く美人だった。スタイルもいい。だが、小早川は学内ではなるべくそういう評価をしないようにしている。

美醜は成績には関係ない。そう考えるように努めている。

食事をしながら、竹芝教授が言う。

「谷原さんは、アナウンサー志望だということでしたね」

「はい。そう聞いています」

「だったら、ミスコンには積極的になるでしょうね」

「ミスコンで優勝するとテレビ局の採用に有利になるということですか？」

「女子アナは、競争率千倍以上という狭き門だそうです。テレビ局は不況で、採用を減らしているということですから、ますます女子アナの採用条件も厳しくなるでしょう。そうなると、当然ミスキャンパスなどの経験者が選ばれる確率が高くなります。……というより、ミスキャンパスに選ばれるくらいでないと、とうてい採用はされないということですね」

　小早川は考え込んだ。

「たしかに、最近のテレビ局の女子アナは、ミスキャンパスとか、学生時代にモデルをやっていたような人が多いんだそうですね。しかし、そのためにミスコンを利用するとなると、男女差別だけではなく、もっと複雑なものが絡んでいるような気がしますね」

「複雑なものですか」

「ええ。別の格差の問題です。これは生まれつきのものなので、男女差別よりも深刻な差別を含んでいるかもしれません」

「なるほど、シンデレラストーリーも、考えようによっては差別的ですからね。しかし、何を取り上げても、差別だと言いはじめたら、そう解釈できてしまうものです」

「そこが難しいところですね」

「高樹さんと、また話をされるのですね？」

「そういうことになると思います」

「いいマッサージ師を心がけてください」

「努力します」

6

食事を終えると、竹芝教授はそのまま帰宅した。小早川は、食堂の前で彼と別れて、研究室に戻った。

机上の「未決」の箱に入っている書類の中から、教室から持ち帰ったビラを取りだし、読みはじめた。

内容は、ほぼ高樹晶の主張のままだった。ミスコンは、女性を家畜の品評会のように評価しようとするものであり、女性の人権を侵害するものだ。

なおかつ、明らかな男女差別であり、性の商品化につながる。だから、ミス三女は中止すべきだ。

要約すると、ビラにはそのようなことが書かれていた。

高樹晶の口から直接聞くよりも、ずいぶんと理屈っぽく、より偏屈な感じがする。文章、特にこうしたビラの文章というのはそういうものだ。

彼女を論破するような明快な論理は思いつかない。もしかしたら、次に会うときも、議論は堂々巡りになるかもしれない。

それでもいい、と小早川は思った。議論というのは、本来そういうものだ。

アメリカ人は学生の頃から、さかんにディベートの訓練をする。ディベートとは討論、つまり、相手を打ち負かすための議論だ。

日本人には、アメリカ型の討論は馴染まないと小早川は思っている。日本型の議論とは、話し合ううちに互いの主張の利点や長所を発見し合い、さらによいものを探るためのものだ。

弁証法に近いかもしれない。否定もやがて止揚(しよう)に転ずる可能性がある。

だが、アメリカ型社会はとにかく相手に勝つことを求める。

今時、弁証法など国際社会では役に立たないという意見がまかり通っている。政治の世界でも、ビジネスの世界でも、とにかく相手を打ち負かすことが必要なのだ。

そういう社会では相手の論旨の長所を認める、などという甘いことを言っていられないというのだ。

そういう主張をする人たちが思い描いている国際社会というのは、アメリカがリードする枠組みなのだろう。

相手の弱みにつけ込んで、隙あらば会社ごと乗っ取ろうとする現代アメリカのビジネスのあり方は、とても醜いし、不健全だと小早川は感じている。

だがそれは、公務員しか経験がなく、その後大学で教職に就いた小早川の立場だから言えることなのかもしれない。

日本にそぐわないと思おうが、不健全だと思おうが、ビジネスマンたちは厳しい国際的競争にさらされているのだ。彼らはそこから逃げることができない。

だが、せめて学究の場である大学における議論は、相手を打ち負かすだけでなく、より豊かな結果をもたらすように心がけるべきだと、小早川は考えていた。


翌週の水曜日、つまり十月十六日の午後二時頃、高樹晶が研究室を訪ねてきた。

水曜日はゼミの日で、いつもなら小早川は午後三時ちょっと前に研究室にやってくる。ゼミが三時からだからだ。

だが、今日は自宅で食事を作るのが面倒だったので、学食で昼食をとることにしたのだ。一時頃食堂に行き、食事を終えて戻ってしばらくした頃、ノックの音が聞こえたのだ。

高樹晶は、先日と同様にまっすぐに小早川の眼を見て言った。

「またうかがっていいと、先生がおっしゃったので来ました」

「もちろん歓迎です。どうぞ」

彼女は先日と同じ席に腰を下ろした。いつも蘭子が座る席だ。

彼女は言った。

「ビラを読んでいただけましたか？」

「読みました。内容は、先日あなたが言ったことと同じでした」

「文章で確認していただきたかったのです」

「あなたが、ミス三女反対派のリーダーなんだそうですね」

「リーダーのつもりはありません」

「しかし、あなたの主張をもとにした反対グループなんですよね？」

「私の意見に賛同してくれる仲間が集まったことは事実です」

「ならば、あなたがリーダーです。そうでないと言うのなら、それは責任逃れになります」

高樹晶は、一瞬考えてから言った。

「おっしゃるとおりかもしれません。誰かが責任を取らなければならないとしたら、それは私です」

小早川はうなずいてから言った。

「多くの人が集まってミス三女のイベントの準備をしているはずです。少なからず金もかかっているでしょう。今イベントが中止になったら、その労力と費用がすべて無駄になってしまいます。あなたは、その責任を取らなければなりません」

「論理のすり替えです。物理的な事柄は、本質的な問題とは無関係です」

「無関係ということはないでしょう。事実、膨大なエネルギーと費用が割かれている。準備をしている人たちは、ミス三女のイベントを成功させるという目標のために、一丸となって努力をしているのです。それを無視するわけにはいかないと思います」

「先生は戦争に賛成ですか？」

小早川は、思わずきょとんとしてしまった。

「戦争ですか？　いいえ、もちろん反対です」

「戦争を始めるためには、多くの人たちが関わり、多額の費用がかかります。先生の論理で言うと、その人たちの努力と費用が無駄になるから、戦争には反対できない、ということになります」

「それとは別の問題だと思います」

「どうしてでしょう?」

「多くの命が奪われ、生活の手段が失われる戦争と、ミスコンとを同じに扱うことはできないでしょう」

「同じことだと思います。どんなに多くの人たちの苦労があったとしても、どんなにお金がかかったとしても、その本質が間違っているのだとしたら、それに反対すべきでしょう。戦争でも、ミスコンでも……」

竹芝教授が言っていたように、彼女は優秀なようだ。自分の学科にいたというのに、どうして今まで気づかなかったのだろう。

おそらく彼女は、地味な装いで、普段は目立たないように行動しているに違いない。能ある鷹は爪を隠す、というわけだ。

「ミスコンに選ばれることで、将来の夢に近づける。そう考えている人もいるはずです。その人に対して責任が持てますか?」

「具体的には、誰のことをおっしゃっているのですか?」

小早川はごまかした。

「あくまでも、一般論です。ミスコンというのは、そういう側面があることも事実でしょう。特に芸能関係の仕事には、ミスコンが登竜門になるケースがありますからね」

「芸能関係の仕事に就きたいのなら、他にも方法はあるはずです。そういう理由でミスコンを容認すべきだというのは、本質から眼をそらした発言だと思います」

「その本質というのは、男女差別のことですか?」

「そうです」

「ミスコンを選ぶ人が男性だけなら、その指摘ももっともだと思うのですが、選考委員とか審査員とかには、女性も参加しているのではないですか？」

「それも、本質から眼をそらすための方便でしかありません。ミスコンが男女差別だという認識を持っている女性は、審査に参加したりはしないでしょうから」

「審査に参加することが正しいのか、参加しないことが正しいのか、なぜあなたは判断できるのですか？」

「間違いなくミスコンの本質は男女差別だからです」

「本質はそれだけでしょうか？　物事にはいろいろな要素があります。ミスコンにもいろいろな側面があるでしょう。美しさを競うことは罪悪ですか？」

「女性の容姿だけを取り沙汰するのは、性差別だと思います」

「昨今のミスコンでは、容姿だけでなく人となりや教養をも審査基準にするのでしょう」

「それは容姿に付随する条件でしかありません。どんなに人となりがよく教養があったとしても、容姿がよくなければ、ミスコンに選ばれることはないのです」

小早川はしばらく考えた。

「私は、先日あなたと話をしてから、いろいろなことを考えました。ビラも読みました。そして、仲間の教授から意見も聞きました。そして、今あらためてあなたの話を聞いて、また考えました。その結果、やはり最初に感じたことと結論は変わりません」

「どういう結論ですか？」

「包み隠さずに言います。そんなに目くじらを立てることではないだろう。それが正直な意見です」

高樹晶は、無言で小早川を見つめていた。その視線は強く真っ直ぐだ。

やがて彼女は言った。

いました」

「先生ならもっとましなご意見をお持ちかと思ってました」

「いろいろと考えた結果です。たしかにミスコンは、女性を見世物にするという考え方もあります。しかし、一方で美しいものは讃えるべきだという考え方もあるでしょう。また、それによって栄誉を得る人もいるわけです。もちろん、あなたが言うように、容姿だけで人を評価するのは間違いかもしれません。しかし、それも人物評価の一環だと考えることもできます。人はあらゆる要素で評価されるべきです。頭のよさで評価されることもあるし、楽器の演奏で評価されることもあります。スポーツで賞賛される人もいれば、献身的な行動で世に認められる人もいます。そして、容姿もその一部だと考えることもできるでしょう」

「努力の結果と見た目を同列で考えてはいけないと思います」

「いずれも、人間という不可解な存在の要素に過ぎません。容姿も才能と同じ資質なのかもしれません」

「では、先生はミス三女の開催に賛成なのですね？」

「反対するほどのことはない。やりたい人たちにやらせておけばいい。そう考えています」

「そういう言い方はずるいと思います。旗色は鮮明にすべきでしょう」

「旗色を鮮明にする……。この場合、その言い方が正しいかどうかはわかりませんが、私はその必要はないと考えています」

「どうしてですか？」

「さきほども言いました。そんなに目くじらを立てることじゃない。そう思うからです」

「目くじらを立てるほどのことじゃないと思っているうちに、戦争が起きてしまうんです」

「そうかもしれません。しかし、少なくとも、ミス三女コンテストを開催したとしても、戦争が起きることはないでしょう」

「お時間をいただき、ありがとうございました」

高樹晶は、そう言うと立ち上がった。最近の学生にしては、驚くほどしっかりしていると、小早川は感じた。

「あなたを失望させたとしたら、残念です」

その言葉を聞き、高樹晶は戸口で立ち止まった。

「先生のおっしゃったことを、もう一度よく考えてみたいと思います」

「ぜひそうしてほしいですね」

「またうかがってよろしいですか?」

「もちろんです」

彼女は礼をすると、ドアを開けて出ていった。

ドアが閉まると、小早川は思った。

多少はマッサージができたのだろうか。

時計を見ると二時半だった。まだゼミ生たちがやってくるまで三十分ほどある。

控訴審や上告審の事案について、インターネットで調べてみようと思った。ゼミでどんな事案を取り上げるか、まだ具体的に考えてはいない。

パソコンを立ち上げ、インターネットであれこれ検索していると、サイレンの音が聞こえてきた。

警察官としての生活が長かったので、サイレンには敏感になる。救急車のサイレンのようだ。

近くの道路を救急車が通っているのかと思っていると、サイレンはどんどん近づいてくる。

キャンパス内にやってきたと思える近さだった。

そして、その音が最も大きくなったところで止まった。

救急車が接近して停車したということだ。

何が起きたか、確かめずにはいられない。警察官の習慣がまだ抜けていない。

小早川は研究室を出て、下りエレベーターに乗った。

教授館の外に出ると、すぐ近くに救急車が止まっており、人だかりができている。その中に、蘭子の姿を見つけ、小早川は近づいた。

「何事ですか？」

小早川に声をかけられ、蘭子は、はっとした顔を向けた。顔色を失っている。何か衝撃的なことがあったようだ。

彼女が言った。

「高樹さんが怪我をしたんです」

「高樹……？　高樹晶さんですか？」

「ええ」

「怪我というのは？」

「わかりません。あそこに倒れていたようです」

蘭子が指差したのは、教授館の建物の脇で、人目につかない一角だ。そこは、キャンパスのメインの通りから離れており、ほとんど人通りがない。

救急隊員がストレッチャーに乗せて運んでいるのは、間違いなく高樹晶だ。小早川は戸惑った。

高樹晶が倒れていたと蘭子が言ったあたりに、制服を着た警察官二人がいた。近くの交番から駆けつけたのだろう。救急車を手配したのは彼らかもしれない。

小早川は、彼らに近づいて尋ねた。

「何があったんです？」

警察官たちの一人は、三十代、もう一人は二十代に見えた。三十代のほうは、巡査部長の階級章を付けている。そちらの警察官が、小早川を見て言った。

「あんたは？」

「大学の職員です」

「何か見たの？」

「いえ、救急車のサイレンを聞いて、様子を見に来たんです」

「じゃあ、あっち行ってて。邪魔になるから」

「状況を教えてもらえますか？」

巡査部長は、小早川のほうを見ずに言った。

「それをこれから調べるから。あっちへ行けって言ってるでしょう」

「高樹晶は、どういう状況で倒れていたんですか？」

　巡査部長が小早川のほうを見た。

「なに？　倒れていた人物を知ってるの？」

「私が担当している学科の学生です」

「学生の名前は？」

「高樹晶。高い低いの高いに、樹木の樹。晶は日が三つ」

　若いほうの警察官もやってきて、そちらがメモを取りはじめた。

　巡査部長がさらに質問する。

「それで、あんたは？」

「小早川といいます」

「フルネームは？」

「小早川一郎」

「大学職員だと言ったね？　大学で何をやってるの？」

「教授です」

「わかった。話を聞くから、ちょっと待ってて」

「これからゼミがあるので、待ってはいられませんね」

　すると、相手はむっとした顔で言った。

「そういうこと言うと、疑いをかけられることになるよ」

「驚きましたね。任意の聴き取りを拒否したら容疑がかかるというのですか？」

「そういうこともあるんだよ。いいから、待ってなさい」

「話すことはないので、待つ必要もないと思います」

　巡査部長は顔色を変えた。

「何だって？　しょっ引かれたいのか？」

「しょっ引く？　何の容疑で？」

「傷害だよ。あの女学生を襲撃した容疑だ」

「傷害……」

巡査部長が睨(にら)みつけてくる。

こういう程度の低い警察官がいることが嘆かわしいと、小早川は思った。

「あれ、小早川さん？」

背後から声をかけられて、振り向いた。そこに、目黒署の安斎が立っていた。私服警察官らしい背広姿の男といっしょだ。

「刑事総務係の君が、どうしてここに？」

「強行犯係が出払ってましてね。いっしょに来いと言われまして……」

いっしょにいた背広姿の男が言った。

「お噂はかねがねうかがっております。強行犯係長の大滝(おおたき)と申します。安斎がいつもお世話になっているようで……」

制服姿の巡査部長が怪訝そうな顔で二人に尋ねた。

「この人を、ご存じなんですか？」

大滝強行犯係長が言った。

「伝説のOBだ。失礼はなかっただろうな」

「OB……？」

「そうだ。おまえらの大先輩だぞ」

巡査部長は鼻白んだ。

「そりゃ、失礼しましたね。でも、OBだろうが何だろうが、話は聞かせてもらったほうがいいと思いますよ」

小早川は言った。

「ゼミが終わったら、いくらでも話をしますよ」

安斎が言った。

「そうか。ゼミの時間ですね」

小早川はうなずいて言った。

「そういうわけで、失礼する。私は研究室にいる。逃げも隠れもしないよ」

小早川は、近くにいた蘭子を伴って、教授館の玄関に向かった。

7

研究室に戻ると、蘭子が言った。

「状況から見て、転んだとかいうことではなさそうですね」

小早川はこたえた。

「地域課の巡査部長が、傷害だと言っていた。何か確証がなければ、警察官はそういうことは言わないだろう」

そのうちに、ゼミ生たちが集まりはじめた。全員が顔をそろえたのは、ちょうど午後三時のことだった。

小早川は、ゼミ生たちに言った。

「みんな、高樹晶さんのことは知っていますか?」

蘭子をのぞく四人が、怪訝そうに顔を見合わせた。小早川は言葉を続けた。

「まだご存じないようですね」

その問いにこたえたのは、梓だった。

「サイレンが聞こえましたが、それと何か関係があるのですか?」

「怪我をして救急車で運ばれました」

「学内で怪我ですか?」

「事故ではなさそうです」

麻由美が眉間にしわを寄せて尋ねる。

「事故じゃない……。それ、どういうことです?」

「現場に来ていた警察官は、傷害だと言っていました」

「傷害……」

麻由美がさらに表情を曇らせて言う。「高樹さんが、誰かに怪我をさせられたということですか?」

小早川は慎重にこたえた。

「まだはっきりしたことはわかりませんが、現場を見た警察官の言葉から、その可能性が高いと思います」

蓮が言った。

「誰にやられたんですか？」

小早川はかぶりを振った。

「それはわかりません。どうやら加害者はまだ見つかっていないようです」

でなければ、地域課の巡査部長は、小早川を傷害の疑いでしょっ引くなどとは言わなかったはずだ。

梓が言った。

「ミスコン反対運動と関係があるのでしょうか」

「まずそこから考えるべきでしょうね」

小早川は言った。「学内で襲撃されたという事実から考えて、関係性を洗ってみなければなりません。それが捜査の第一歩となるでしょう。もちろん、他の可能性も考えなければならないので、被害者の人間関係を詳しく調べる必要があります」

麻由美は目を丸くした。

「よけいな詮索（せんさく）はするなとか言われるかと思いました」

「もし、他のゼミならそう言ったかもしれませんね」

「このゼミは違うと……」

「捜査について、実践的に学ぶのが、このゼミの目的です。身近で起きた犯罪にも敏感でいなければならないと思います」

蘭子が言った。

「私はまず、高樹さんの容態を知りたいと思います」

小早川はうなずいた。

「現場を見た安達さんは、当然そう考えるでしょうね」

梓が驚いたように、蘭子に尋ねた。

「現場を見たの？」

蘭子がこたえる。

「通りかかっただけ。高樹さんが搬送されるところを見ただけよ」

小早川は蘭子に尋ねた。

「どの時点で、現場にやってきたのですか？」

「救急車が到着した後です。教授館に向かって歩いていました」

「では、高樹さんが倒れているところを見たわけではないのですね？」

「見ていません。救急車がいるのを見て、私が何事かと思って様子を見ていたところに、先生がいらしたのです」

「私も、高樹さんが搬送されるところを見ました。とすると、私が現場に行ったのと、安達さんが現場にやってきたのには、それほどタイムラグはなかったということですね？」

「ええ。私が立ち止まって見ていると、すぐに先生がいらっしゃいました」

「では、何か手がかりになるようなものも、見ていないということでしょうか？」

　蘭子が首を横に振った。

「何も見ていません。私はただ呆然と搬送される高樹さんを見ていただけでした。血に驚いていました」

「血……？」

　麻由美が聞き返した。「血が出ていたの？」

　蘭子がこたえる。

「けっこうな出血だったと思う。多分、頭部から……。現場にも血痕が残っていたし……」

「そうでしたね」

　小早川は言った。「見たところ、頭部に外傷があるようでした。頭部はちょっとした傷でもけっこう出血するものです」

　麻由美が小早川に尋ねる。

「じゃあ、傷はたいしたことはないということですか？」

「それはわかりませんが、見たところ、それほど深刻な容態とは思えませんでしたね」

　それは、希望的観測ではないだろうか。小早川は自問していた。だが、救急隊員の態度からしても、重篤な状態とは思えなかった。

それでも蘭子は、安心した様子を見せなかった。血を流し搬送される学友を見たばかりだ。ショックを受けているに違いない。気分が悪いと言って、ゼミを休んでも不思議はない。気丈な彼女だから、こうして出席しているのだ。

「さて……」

小早川は言った。「現場での出来事を誰も目撃していないということですから、これ以上、高樹さんの件について話し合っても埒(らち)が明きません。話題を変えて、ゼミで取り上げる事案について話し合いましょう」

その一言で、ゼミ生たちの気分がすっと軽くなった様子だ。蘭子も幾分か表情を和(やわ)らげた。

「具体的に取り上げたい事案について調べてきましたか?」

小早川の問いに、まず梓がこたえた。

「相変わらず、痴漢の容疑が多いですね。映画などで話題になったことから、被害をでっちあげるケースも増えているようです」

「痴漢の場合、どの事案を取り上げるかが難しいですね。今あなたが言った、被害をでっちあげるというのは、別な要素が絡んでいることもあるように思います」

「別な要素?」

「遊び感覚で誰かを犯罪者に仕立てようとすることもあるようです。それは、立派な犯罪行為です」

「つまり、冤罪という問題だけでなく、被害を申し立てている側の犯罪性をも考慮しなければならないということですね」

「はい」

「そうですね」

麻由美が言う。「オッサンに痴漢の濡れ衣を着せて喜んでいる悪ガキも頭に来るけど、それは、こっちに置いといて、ということですね」

蓮が言った。

「あくまでも、冤罪を生む捜査の側の問題について考えたいんですよね。たしかに、痴漢の冤罪は、ちょっと違うかも……」

「駅のホームで起きた事件なので、痴漢なんかと近いケースなのかもしれないんですが……」

蘭子が言った。「傷害罪に問われて、否認しつづけている事案があります」

小早川は尋ねた。

「ほう……。それは、どんな事件ですか？」

「駅のホームで起きた傷害事件です。客同士が揉み合いになり、一人が転倒して頭を打ち、入院するという事件が起きました。加害者が傷害罪で逮捕されたのですが、一貫して罪を認めていないのだそうです」

それを聞いて、麻由美が言った。

「ああ、それ自由が丘の事件でしょう？　中年サラリーマンが被害にあったのよね？」

蘭子がうなずく。

「そう。被害者が、四十五歳の建材メーカーの営業課長。加害者は、無職でアルバイトの二十八歳の男性……」

「最近、電車内やホームでの喧嘩って多いのよね」

麻由美の言葉を受けて、梓が言った。

「駅員を殴ったりする人も多いみたいね。高齢者にそういう人が増えているんだって、テレビでやってた」

「そうらしいですね」

小早川は言った。「分別のあるはずの高齢者が、暴力を振るう事件が増えていると聞きます。嘆かわしいことです」

「たしかに、感じの悪い高齢者が増えたような気がする」

そう言ったのは、蓮だった。「自分勝手というか、わがままというか……」

現代の高齢者は、昔のお年寄りとは違う。彼らを取り巻く環境が、昔とは違うのだ。

大家族時代の日本では、お年寄りはたいてい孫と暮らしていた。忙しい両親に代わって、孫の面倒を見るのが一般的だった。

働く必要はないが、それでいて家庭内にちゃんと役割があった。老人たちの精神が安定していたのだろう。

核家族化した今は、老人は孤独になっている。生活の不安もあり、苛立っているのだ。

また、彼ら自身が育ってきた環境も、昔とは違う。戦後の教育を受けてきた彼らは、権利意識が強い。そして、高齢者といってもまだまだ体力のある人たちがいる。

そういったことが重なり、高齢者が暴力を振るうようなことになるのだろう。

「それで……」

梓が蘭子に尋ねた。「その事件だけど、傷害事件だったことは明らかなのよね」

「二人が揉み合ったのは明らかだし、事実被害者は入院している。顔面の打撲や、後頭部打撲と裂傷で、全治二ヵ月の怪我だったそうよ」

「顔面の打撲ということは、加害者が殴ったということかしら……」

「警察はそう判断したんだと思う」

麻由美が蘭子に尋ねる。

「事件は何時頃に起きたの？」

「午後十一時半頃だったということよ」

「だったら、電車の乗客がたくさんいたわよね。目撃者もいたはずね」

「いくつかの目撃証言もあって起訴ということになったんだと思う」

梓が言う。

「でも、罪を認めていないのよね」

「そう」

麻由美が言う。

「ただ強情なだけなんじゃない？」

「いくら強情だって、やっていたら認めるでしょう。一審で有罪だったんだから……」

小早川は尋ねた。

「つまり、彼は控訴しているということですね？」

「そうです。控訴審判決が、今週の金曜日に出るはずなので、それを傍聴してこようと思います」

駅のホームでのいざこざだ。被害者の怪我も全治二ヵ月と言っているが、それはおそらく大げさに見積もってのことだろう。

入院したということだが、それほど長くはなかったはずだ。検査程度の入院だったのではないだろうか。

マスコミは警察発表を膨らませて報道することがある。読者や視聴者に対するインパクトを重視するのだ。

駅での揉め事はよくあることで、怪我もそれほどではないとなると、世間の注目度は低い。マスコミも大きく取り上げようとはしないだろう。

実際、蘭子や麻由美は知っているようだったが、小早川はその事件のことを知らなかった。

新聞で記事を見ていたとしても、関心がないので、眼が素通りしていたのかもしれない。

だが、加害者が控訴したと聞いて、俄然興味が湧いてきた。

蘭子が言ったとおり、起訴されて一審で有罪となれば、たいていの犯罪者は罪を認める。控訴するにはそれなりの理由があるのだ。

弁護士だって勝算がなければ、控訴を渋るはずだ。

小早川は言った。

「その事案は、検討するに値するように思いますが、どうでしょう」

梓が言った。

「控訴審の判決が気になりますね」

「それは、次回のゼミで安達さんに報告してもらうことにしましょう」

「あの……」

蓮がおずおずと質問した。「もし、控訴審でも有罪で、被告人が罪を認めてしまったらどうします？」

小早川はこたえた。

「その時は、その時で考えましょう。もし、控訴審で罪が確定したとしても、どうして一審で罪を認めなかったのか、という疑問は残りますし……」

蓮は納得したようにうなずいた。

楓は、一言も発言しなかったが、彼女も蘭子が提案した事案に興味を引かれている様子だった。

その事案について、現時点でわかっていることを、蘭子に発表してもらおう。小早川がそう思ったとき、ドアがノックされた。

ゼミの最中に、誰だろう。

そう思いながら、小早川は返事をした。すると、ドアが開いて、安斎が顔を覗かせた。

「何だ、君か……」

小早川は言った。「また、ゼミを見学したいのか？」

安斎は、妙に緊張した面持ちで言った。

「いえ、そうじゃないんです」

「そうじゃない？　なら、何の用だね？　ゼミの最中なのは知っているだろう」

「強行犯係長が、先生に会いたいと言っておりまして……」

「強行犯係長が……？」

「はい」

「とにかくゼミの最中だ。後にしてもらおうか」

すると、安斎を押しのけるようにして、大滝強行犯係長が姿を見せた。

「後にするわけにはいかないんです」

言葉は丁寧だが、態度は高圧的だった。先ほどとは別人のようだった。警察官は豹変する。小早川は、それがどんな場合かよく知っていた。

相手に犯罪の疑いがあるとわかった場合だ。

「どういうことでしょう。事情聴取ならば、後ほど署のほうにうかがってもいいです」

するると、大滝係長が言った。

「署に来てもらうことになるかもしれませんが、とにかく話を聞かせてもらいます」

「ゼミの途中なので待ってほしいと言っているだけなんですがね。どうしてそんなに急ぐ必要があるんです？」

大滝係長の背後に安斎がおり、さらにその後ろに制服姿が見えた。地域課の巡査部長だ。

大滝係長が言った。

「犯人を挙げるのは、一刻も早いほうがいい。あなたもそう思うでしょう」

「もちろんそう思いますが……」

大滝の言い方だと、まるで小早川が被疑者のように聞こえる。

小早川は訳がわからず、安斎の顔を見ていた。安斎は、申し訳なさそうに眼を伏せた。

大滝係長が言った。

「小早川さんでしたね」

「そうです」

「フルネームを教えてください」

「安斎君が知っています」

「質問したことにこたえていただきます。フルネームを」

「小早川一郎です」

「年齢は？」

「六十四歳」

「住所は？」

小早川は言われるままに住所を教えた。

警察官がこういう態度を取るとき、抵抗しても無駄なことはよく心得ていた。

「午後二時から二時四十分までの間、あなたはどこにいらっしゃいましたか？」

大滝係長が質問を始めた。

「午後二時ですか……。研究室にいましたね」

「それを証明できる方は？」

「二時頃でしたか、高樹さんが研究室に来て、しばらく話をしていました」

「高樹さんというのは、傷害の被害にあった高樹晶さんのことですね？」

「やはり傷害事件だったのですか」

大滝係長は、その問いにはこたえなかった。

「あなたと高樹晶さんは、ここで会っていた。それに間違いありませんね？」

「ええ、間違いないです」

「高樹さんは、何時頃ここを出られましたか？」

「二時半頃だったと思います」

「二時にやってきて、二時半にここを出た。間違いありませんね」

「だいたいそのくらいの時間だったと思います」

「高樹晶さんとはどのようなお話をされたのですか？」

「学生と研究室でした話の内容を教えるわけにはいきません」

「なぜです？」

「プライバシーに関する内容もあり得るからです。医者やカウンセラー、弁護士に守秘義務があるのと同じです」

「大学の教師に守秘義務があるとは思えません」

「モラルの問題ですね。そして、学問の独立という問題でもあります」

「ここで高樹晶さんと交わした会話の内容は明らかにしたくない。そういうことですね」

その言い方に引っかかるものを感じたが、そのとおりなので、小早川はうなずいた。

「そうです」

「では、やはり署に来てもらうことになりますね。それもすみやかに」

「なぜです？　理由もないのに、同行はできません」

「理由はもうおわかりでしょう」

「わからないから訊いているのです」

「高樹晶に対する傷害の容疑です」

8

やはりそう来たか。小早川は思った。

なるほど、そういうことなら、急に大滝係長の態度が高圧的になったのも理解できる。小早川は慌てたりうろたえたりはしなかった。

捜査員たちはばかではない。捜査が進めば、小早川が犯人でないことが明らかになるはずだと思った。

「いったい、どうしてそんなことを考えたのですか」

小早川はあきれたように言った。大滝係長の表情は変わらない。

「そういう話は、署でします」

そのとき、戸口の向こうにいる地域課巡査部長の表情が見えた。

憎しみのこもった眼差しを小早川に向けていた。

その表情に驚き、そして気づいた。

あいつのせいか……。

もしかしたら、さきほどの小早川の対応に腹を立てているのかもしれない。一般人は、誰でも警察官の言うことを聞くものだと思い込んでいるのだろう。

小早川が警察OBだということも、気に入らないのではないだろうか。現職でもないのに、大きな顔をしていると感じたに違いない。

どこで誰に怨みを買うかわからない。

地域課巡査部長に何かを吹き込まれ、大滝係長は小早川に容疑をかけたということだろう。

安斎はおそらく板挟みの心境だろう。

「待ってください」

蘭子が大滝係長に言った。大滝係長は蘭子を睨むように見た。

「何だね？」

「無理やり小早川先生を連れて行くことはできない

はずです」

　大滝係長は怪訝そうな顔になった。

「何を言ってるんだ？」

「任意同行なのですから、小早川先生が断れば、連れて行くことはおろか、話を聞くこともできないはずです」

「それじゃ捜査はできないんですよ」

「ちゃんとした手続きを踏まないと、違法捜査となり、入手した証言や証拠も、無効になります」

「素人に言われたくないですね。そいつは、釈迦に説法って言うんですよ。私らは、怪しいと思ったらいつでも話を聞けるし、同行を求めることもできます」

「それは警察官職務執行法の第二条を根拠としているのでしょうが、同行を求めるのは、その場で質問することが『本人に対して不利であり、又は交通の妨害になると認められる場合において』と限定されているはずです」

「学生さんの前で尋問されるのは、先生にとって不利なんじゃないですか。私は気を使っているんですよ」

「ならば、私たちが退出します。それなら、先生を連行する理由はないはずです」

　大滝係長はかぶりを振った。

「いや、それでも署に同行願いますよ」

「裁判所の許可状なしに、強制的な捜査はできません。ですから、先生の身柄を拘束することなんてできないんです」

「そいつ、公務執行妨害でしょっ引いたらどうです？」

　戸口の向こうから声がした。地域課の巡査部長だ。

　その言葉を聞いて、立場が変われば、こうも感じ方が変わるものかと、小早川は思っていた。

　現職の警察官だった頃に、もし今蘭子が言ったような言葉を聞けば腹を立てたかもしれない。

知った風なことを言うなと思ったことだろう。そして、巡査部長が言った類のことを考えたかもしれない。

捜査員が全員、警察官職務執行法や刑事訴訟法を遵守していたら、犯罪者を検挙することも取り調べで何か聞き出すこともできない。

多くの捜査員はそう考えている。任意という言葉はたてまえに過ぎない。

「今、警察署に来るのと、あとで令状持って踏み込まれるのとどっちがいい?」

捜査員はそのようなことを言って、任意同行を迫る。言われたほうは、応じるしかない。

それが実際の捜査だ。違法かどうかはぎりぎりだ。有能な捜査員は、必ず逃げ道を残しておく。

もちろん、今の蘭子の言動は公務執行妨害には当たらない。だが、脅しにはなる。捜査員は、いろいろな罪状をちらつかせて脅すことがあるのだ。

軽犯罪法違反と公務執行妨害は最も手軽な罪状だ。

だが、取り締まられる側に回ってみると、そのやり方は明らかに違法に感じられる。一般人はもちろん、被疑者でも人権は守られなければならない。

ところが、現職の警察官にとって、あくまで一般人は取り締まりの対象であり、権利を守るのは弁護士の仕事と割り切っている。

捜査員として脂の乗りきっていた頃は、小早川もそれに近いことを考えていた。当たり前のことを当たり前にやっていたのでは、なかなか実績を上げることはできない。

そして、違法ぎりぎりのことをやるのが、いかにも仕事慣れしているように見えて恰好いいと感じていたこともある。

今、疑いをかけられる立場になってようやく、それがどんなに恐ろしいことか理解できた気がした。

「公務執行妨害で逮捕だって?」

小早川は巡査部長に言った。「そんなことはさせない」

　巡査部長が言った。

「あなたは、警察の先輩かもしれないが、自分の上司でも何でもないんです。自分を止めることはできませんよ。邪魔をしたら、あなたもしょっ引きます。任意同行の同意を得る手間が省けます」

　大滝係長は、この言葉を聞いても何も言わない。こいつらなら、本当にやりかねない。

　小早川はそう思った。

　蘭子の身柄を拘束させるわけにはいかない。

「わかりました」

　小早川は言った。「目黒署にうかがいましょう」

　大滝係長が言った。

「最初から素直にそう言えばいいんです」

　梓が言った。

「警察署に行くのは危険です」

　大滝係長が、梓に言った。

「危険？　それはどういう意味だね」

「痴漢の疑いをかけられた人が警察署に行くと、ほぼ百パーセント罪に問われるのだそうです。どんなに否認しても身柄を拘束されて、延々と自白を迫られるのです」

　大滝係長が顔をしかめた。

「くだらないテレビの見過ぎじゃないのか」

「ちゃんと調べた結果です。警察署に行ったら最後、やっていなくても起訴される危険が大きいのです」

「ふざけんじゃねえ」

　大滝係長が大声を上げた。「なめた事を言っていると、全員署に来てもらうぞ」

　小早川は大滝係長に言った。

「私の教え子に乱暴な口をきくのはつつしんでください」

　大滝係長が小早川を見据えた。

「大先輩ですから、敬意は表しますよ。しかし、被疑者となれば話は別なんです。そういう言い方はしないことです。さあ、行きましょうか」

　小早川は、ゼミ生たちに言った。

「今日はこれで解散にします」

「先生……」

　梓がさらに何か言おうとした。それを制するように小早川は言った。

「心配することはありません。私は誰よりも警察のことを知っています」

　ふとそのとき、楓の怒りの形相に気づいた。彼女がそのような表情を見せるのを初めて見た。

　今にも警察官たちに飛びかかっていきそうだった。実際に見たことはないが、楓は、大東流合気柔術と直心影流薙刀の達人だという。もしかしたら、三人の警察官をやっつけてしまうかもしれないと思った。

「西野さん」

　小早川は楓に言った。「だいじょうぶです。私はすぐに帰ってきます」

　蘭子が言った。

「弁護士を手配しますか？」

「その必要があれば、連絡します」

　被疑者扱いだと、電話もかけさせてもらえない場合がある。任意同行なのだから、本来は帰りたいときに帰れるし、電話もかけられるはずだ。だが、実際には梓が言ったとおり、任意同行でも逮捕と似たような扱いをすることがある。

　疑いが濃い場合、捜査員たちは絶対に逃がしたくないと考える。そして、自白を取れれば御の字なのだ。

　だが、この場は、ゼミ生たちを安心させる必要がある。

　小早川はできるだけ平然とした態度を取ることにした。

「さあ、研究室に鍵をかけなければなりません。皆さん、外に出てください」

小早川は、覆面パトカーに乗せられた。おそらく、運転しているのは強行犯係の係員だろう。

小早川は後部座席で、安斎と大滝係長に挟まれていた。完全に被疑者扱いだ。安斎は、終始申し訳なさそうな顔をしていた。

車が走り出すと、小早川は安斎に尋ねた。

「あの地域課の巡査部長は何という名前だ？」

「菅井です。菅井毅彦……」

すぐさま大滝係長が大声を上げる。

「私語はつつしめ」

安斎は、たちまち押し黙った。

警察も、一般の企業や他の役所と同じで、上司のことを気にする警察官もいれば、まったく気にかけない者もいる。

安斎は前者なのだ。

山手通りに出ると、目黒警察署はすぐだった。小早川は、現職時代に何度か訪れたことがあった。

警杖を持った玄関の立ち番。

受付とその向こうの交通課と地域課。

懐かしい雰囲気だった。

客はエレベーターを使うが、小早川は階段を昇らされた。署員は普通、階段を使う。

強行犯係にやってくると、大滝係長が係員の一人に声を掛けた。

「おい、取調室は空いているか？」

「はい、空いていると思います」

「思いますじゃないだろう。すぐに確認してこい」

「はい」

係員は立ち上がり、駆けて行った。すぐに戻って来て、彼は告げた。

「第三取調室が空いています」

「わかった」

それを聞いていた安斎が、おずおずと言った。

「取調室じゃなくてもいいんじゃないですか？」

大滝係長が安斎を睨んで言った。

「君の役目は終わったよ。刑事総務係に戻れ」

「事件の端緒に触れましたから、引き続き捜査に加わりたいと思います」

「いいんだよ。あとは強行犯係でやるから……。ごくろうだったな」

上司にそう言われると、逆らえない。安斎は、小早川の顔を見てから、心残りな様子で強行犯係から去っていった。

小早川は、第三取調室に連れていかれ、奥の椅子に座らされた。スチールの机を挟んで、大滝係長が座る。

記録係の席に、先ほど覆面パトカーを運転していた係員が座った。

「さて……」

大滝係長が言った。「改めて話を聞かせてもらいます。まず、氏名、住所、職業」

「先ほど言いました」

「記録を取るんでね。もう一度言ってください」

小早川は、ここで逆らっても何の得もないと思い、こたえた。

大滝係長の質問が続く。

「高樹晶さんは、研究室にいるあなたを訪ねてきた。それが、午後二時頃。そして、三十分くらい話をして、午後二時半頃に研究室を後にした。それで間違いありませんね？」

「だいたいその時間だったと思います」

「何の話をしたのですか？」

「学生のプライバシーに関わることなので、話せないと言ったでしょう」

「そういうことを言っていられる立場ではないのですよ」

「私の立場は一貫しています。学生のプライバシー、そして学問の独立を守ることです」

「にわかの教授でしょう」

これはたいへん失礼な言葉だ。だが、警察官は取り調べのときに、よくこういうことを言う。相手を挑発するのだ。あるいは、心理的なダメージを与える目的もある。

取り調べは心理戦なのだ。

「これは取り調べではないはずですね。単なる事情聴取でしょう？」

「それは、私が決めることでしてね……」

大滝係長は、かすかに笑みを浮かべて、さらに質問を続けた。「もう一度訊きます。高樹晶さんとはどんな話をされたのですか？」

「私からはおこたえできません。高樹さんにお訊きになればいいでしょう。彼女の容態はどうなんです？」

やはり、大滝係長はその質問にはこたえない。

「女子大で教授などやられていると、いろいろなことがおありでしょうね」

「いろいろなこと……？」

「奥さんが亡くなられて、先生はずっとお一人なんだそうですね」

小早川は別に驚かなかった。

警察は、何かあれば即座にいろいろなことを調べる。安斎から聞いたということも考えられる。

「ええ。ずっと一人ですね」

「それで、若い女性に囲まれていると、間違いも起きるんじゃないですか。いや、先生は独身だから、間違いとは言えないかもしれない」

これは、たまに言われることなので、平気だった。

「あなたも教授をやってみるとわかりますよ。学生に対して特別な感情を抱くことはありません」

「女子学生は、単位のために秋波を送ることもあるそうじゃないですか」

秋波を送るとは、また古めかしい表現だな。小早川はそう思いながらこたえた。

「それも都市伝説のようなものですね。私たちが一番恐れているのは、アカハラ、セクハラが問題になることです」

「それでも、研究室に二人きりだと何か起きることもあるんじゃないですか」

「研究室は学問の場です。外部の人が想像するほど、刺激的な出来事はないんです」

「まあ、あなたがそうおっしゃることは想定内ですがね……」

「どういうことですか？」

「高樹晶さんと二人きりで何をしていたのか、誰も見ていた者はいない、ということです」

「おかしなことを言いますね。高樹さんに話を聞けばわかることです」

「彼女は怯えていて、本当のことが言えない状態かもしれない」

「怯えている？」

「そう。あなたのことを恐れているのです」

「私が高樹さんを襲撃したと思いたいようですが、そんなことはあり得ません」

「そうでしょうか」

「私は、研究室でサイレンの音に気づき、何事だろうと、部屋を出て現場までエレベーターで下りていったのです。つまり、高樹さんが襲撃されたときは、まだ研究室にいたのです」

「それを証明できる人はいないんですよね」

小早川は冷静に考えてからこたえた。

「そうですね。証明できる人はいません」

「高樹さんが襲撃される前に、最後に会った人物はあなたなのです」

「研究室を出た後、彼女は誰か別な人に会ったかもしれない。彼女にそれを確認しましたか？」

「高樹さんは、あなたの研究室を出た後、誰とも接触していません。突然背後から殴られ、そのまま倒れてしまったということです。あなたは、研究室を出た高樹さんをこっそり尾行して、襲撃した。違いますか？」

「それはあり得ないですね。研究室を出てからはエレベーターで一階に下りなければなりません。彼女のあとをつけるなら、私もいっしょにエレベーターに乗らなければならないということです」

「エレベーターは二基ありますね。もう一基に乗り、彼女を追ったのではないですか？」

小早川はかぶりを振った。

「現実的ではありませんね。第一、私が高樹さんを襲撃する理由がありません」

「ですからそれは、男女関係のもつれではないかと……」

「そんな事実はありません」

「彼女に何か弱みを握られていたとか……」

「彼女は最近、二度私の研究室を訪ねてきていますが、いずれの場合も、真剣な議論を交わしていたのです」

「ですから……」

大滝係長が、言い聞かせるように言う。「それを証明する人はいないのです」

「高樹さんに訊けばいいと言ってるでしょう」

「今の彼女の証言は信頼性に欠けます。なにせ、あなたに襲撃されて、恐怖におののいているでしょうからね」

「誰がそういう絵を描いたのか知りませんが、もう少しまともなことを考えるべきです」

「まともなことというのは、どういうことでしょう」

「これはゼミ生たちと話し合ったことですが、高樹さんは、ミスコン反対運動のリーダーでした。捜査はまずそこから始めるべきだろうと……」

「先生。あなたは警察官だったかもしれないが、今は一般人です。そして、我々は捜査のプロなんです。なめないでいただきたい。何を調べるべきかは、我々が考えます」

もしかしたら、今夜は長い夜になるかもしれない。小早川はそんなことを考えて、そっと溜め息をついた。

立場が逆になってみると、否定したくてもどうしていいかわからなくなる。

あまりにもばかばかしい話で、反論する気にもならない。

だが、反論しないと相手は罪を否定していないと解釈するのだ。

苦笑を浮かべて、気持ちを理解してもらおうなどと考えても無駄なのだ。

「何度同じことを質問しても無駄です。こたえは変わりません。私と高樹さんの間に、不純な関係はありませんでした」

「まだ関係はなかったけれど、それを迫っていたのではないのですか？　それを拒否されて、あなたは腹を立てた。さらに、関係を強要したことを大学当局に知られることを恐れたあなたは、高樹さんの殺害を目論んだ……。そういうことでしょう」

「いいえ。そういう事実はありません」

「繰り返しますが、高樹さんと最後に会ったのは、

9

「もう一度うかがいますよ」

大滝強行犯係長が、小早川に言った。「あなたは、高樹さんと二人きりになる機会を作り、男女の関係を迫ろうとした。そうじゃないんですか？」

小早川は落ち着いていた。

かつて、何度となく取り調べをする立場だったので、相手が何を考えているかわかる。大滝係長に確信があるわけではない。はったりの部分が大きいはずだ。

明らかになった事実をつなぎ合わせて何が起きたかを推理する。これを「絵を描く」などと言い、供述録取書などにそれを書き記したものを「作文」などと呼ぶ。

いずれも、普通に行われていることだ。小早川も現職時代には、何とも思っていなかった。

あなたなんだ。それは事実なんですよ」

「だからといって、私の犯行を証明することにはならないでしょう」

大滝係長は、その言葉を無視して言った。

「高樹さんが、あなたの研究室を一人で訪ねたのは、今回が初めてではないのですね？」

「そうですね。初めてではありません」

「それじゃあ、言い訳はできない」

「どうしてです？」

「研究室を何度も一人で訪ねていくと聞いて、世間ではどう思うでしょうね」

「誰がどう思おうと勝手ですが、大学では別に珍しいことではありません。それに、高樹さんが一人で研究室に来たのは二度だけです」

「二度だけ？　いや、二度で充分ですよ。その時、他に誰もいなかったのでしょう」

「いませんでした」

「あなたは、高樹さんを研究室に呼び、しつこく関係を迫った……。強制猥褻（わいせつ）の罪に問われるようなことをしたかもしれない。それで高樹さんが研究室から逃げ出した。あなたはそれを追って行き、殺害しようとして鈍器で殴った」

「その鈍器はどこにあるんです？」

「それをあなたから聞き出そうと思っているんですよ。凶器はどこに隠したんですか？」

「私が高樹さんを襲撃した事実などありません。だから、私は凶器のことなど知らない」

「警察学校の校長をやっていたことがあるそうですね」

やはり、研究室を訪ねて来る前に、あらかじめ調べていたようだ。

「はい」

「その経歴を利用して、まんまと女子大にもぐりこんだわけですね」

「別にもぐりこんだつもりはありませんがね」

「警察学校と違って、周りは若い女性だらけだ。独り身のあなたにとっては、まさによりどりみどりですね」

「そんなことは、考えたことがありませんね。大学に勤めることを決めたのは、以前から知り合いだった学長に誘われたからです。なにせ、大学の教師など初めてのことですから、戸惑うことばかりで、苦労の連続でした。学生を欲望の対象と考える余裕などありませんでした」

「その余裕が生じてきたということなんじゃないですか。それで、高樹さんに眼をつけた……」

一般人なら、このあたりで腹を立てるに違いない。小早川は冷静にそう考えていた。

これが刑事の手だ。さすがに大滝係長は優秀だ。相手の感情に揺さぶりをかけるのだ。

小早川に脅しは通用しないと踏んだ彼は、挑発することに決めたのだ。被疑者を怒らせることで、警察や検察に有利な発言を導き出すこともできる。

例えば、尋問されている人物が、自暴自棄になって、「何を言っても信じてくれないのなら、それでいい」などと言ってしまったら、それは自白と解釈されてしまう。

警察や検察は、言質が取りたいのだ。

一度自白してしまったら、起訴は免れないし、起訴されたら有罪率は九十九パーセントを超えている。

裁判で自白を取り消そうとしても無駄だ。検察はあの手この手で攻めてくる。だから、弁護士は「何も言うな」と釘を刺すのだ。

こうして被疑者や重要参考人から、自白をもぎ取ろうとする刑事は優秀だと言われる。取り調べは刑事の腕の見せ所なのだ。

だが、やはり立場が変われば、その辺の考え方も変わる。事実と違うことをごり押しされ、さらに下衆の勘ぐりをされているとしか思えない。

もし、小早川に警察官の経験がなく、大滝係長がわざとこんなことを言っているのだということがわかっていなければ、猛烈に腹を立てただろう。

それでは相手の思う壺なのだ。

「余裕などありませんね。今年は初めてゼミを持つことになりました。教授としては、いまだに手探りの状態です」

「きれい事はなしにしましょうや。私も男だ。気持ちはわかりますよ」

小早川が挑発に乗らないことを悟ったのだろうか、大滝係長はにわかにすり寄ってくるような態度を取りはじめた。

今度は懐柔策に出ようというのだろう。

何をしようと無駄なことだ。大滝係長がそれを早く理解してくれないものかと、小早川は思った。

「そんなことより、ミスコン反対運動のことを調べてみてはどうですか？」

大滝係長の眼に怒りの色が浮かんだ。

「だから、そういう指図は受けないと言ってるでしょう。あなたはもう、警察官じゃないんだ。捜査に口出しされたくないですね」

小早川は、負けずに言った。

「口出ししているわけではありません。学園祭で行われるミスコンに反対する学生たちがいます。高樹さんはそのリーダー的存在だったのです。犯行の動機は、そのあたりにあるのかもしれません」

「それを調べるかどうかは警察が考えることです。あなたは、まず自分の立場について考えるべきです。あなたには、殺人未遂の容疑がかかっているんですよ」

傷害ではなく殺人未遂か……。

まあ、立場上「傷害」とは言いたくないだろう。できるだけ重い罪状で送検・起訴したいのだ。

小早川は、高樹の現在の容態や、襲撃されたときの状況を詳しく知りたかった。こんなことをしているのは時間の無駄だと感じていた。

だが、大滝は帰してはくれないだろう。

任意同行なのだから、本来ならばいつでも帰れるはずだ。小早川の意に反して、長時間拘束すれば、大滝係長が逮捕・監禁の罪に問われることになる。厳密にはそういうことだが、実際に警察官が訴えられることはほとんどない。

「本当に私が殺人未遂の容疑者だと思うのなら、逮捕したらいい」

小早川が言うと、大滝係長は無言で睨みつけてきた。

伊達に長年警察官をやっていたわけではない。相手の弱みは知っている。任意同行で多少の無茶はやるが、逮捕となると二の足を踏む。

被疑者は逮捕されると、もう逃げることはできないが、それは逮捕する側にとっても同じなのだ。逮捕したら四十八時間以内に送検しなければならない。待ったなしで逃げ場はない。

「いずれ逮捕はしますよ。その前に、話を聞かせてもらいます」

「そっちが勝手に書いた筋書きを認めることは、絶対にありません」

「勝手な筋書きじゃないんですよ。事実に沿った推論です」

「自分たちに都合のいい事実だけをつなぎ合わせて、それをもとにストーリーを考えたわけでしょう。それを推論とは言いません」

「こっちは何時間でも、何日でも付き合いますよ。早いところしゃべっちまったほうがいい。あなたも、罪を否認すればするほど心証が悪くなることは知っているでしょう」

本来、「心証」というのは、証拠によって裁判官の頭の中にできあがる事実の判断のことを言う。だが、この場合、大滝係長は「捜査員の印象」といったような意味で使っている。一般的にそういう使い方をされることのほうが多い。

「逮捕されないのなら、私は帰ります。何時間も付き合うつもりはありません。言うべきことは、すべて言いました」

「帰すわけにはいきませんね」

「帰したくないのなら、逮捕するしかないでしょう。逮捕した後に、証拠も自白もなくて恥をかくことになるでしょうがね……」

「俺たちが簡単に被疑者を帰したりしないことはよく知っているはずです。そして、どんなことをしてでも自白を取ることも……」

「自白などあり得ません。私は何もやっていないのですから」

「では、高樹さんと何の話をしていたのですか」

「お話しできません」

学生のプライバシーを守るためというのも本当のことだが、実際には少々意地になっていた。こんなやり方をされて、素直に話す気にはなれない。

大滝係長が、厳しい眼差しを向けて言った。

「高をくくってますね？」

「それは、どういうことです？」

「あなたは警察ＯＢで、まだ現職の警察官の中に知り合いがたくさんいるのでしょう。その中にはかなり偉い人がいるかもしれない。だから、そのうち助けがやってくると考えているのかもしれない。残念だが、それは間違いだ。助けなど、俺が許しません」

「別に助けが来るなどとは思っていません。私はただ、本当のことを言っているだけです。事実をねじ曲げようとしているのは、そちらのほうです」

「そういうことを言っていると、いつまでも帰れませんよ」

「捜査員は、よくそういう言い方をしますがね、それは矛盾しています」

「矛盾？」

「そうです。自白したら逮捕されるわけでしょう。自白したところで帰れるわけではないのです」

大滝係長は、鼻から大きく息を吐いた。

「まあ、理解はできますよ。あなたも淋しかったのでしょう。奥さんに先立たれてから、ずっと独りだった……」

懐柔策を続けることにしたようだ。大滝係長の言葉が続く。「あなたの高樹さんへの思いは純粋なものだったのかもしれない。それも、理解できないわけではありません」

小早川は返事をする気にもなれなかった。

大滝係長の言葉が続く。

「しかしね、相手は孫と言ってもおかしくない年齢ですよ。高樹さんがあなたの要求にこたえるはずがありません。常識で考えればわかることです。しかし、あなたは理性を失っていた。それくらいに、高樹さんに懸想したわけですね」

懸想というのも、ずいぶんと古くさい言い方だ。小早川はそんなことを思っていた。

「どうせ絵を描くなら、もっとましな絵にしてほしいですね」

小早川は言いながら、大滝係長が考える落としどころを推し量っていた。

彼は、何時間でも何日でも付き合うと言った。だが、本当にそんなつもりはないはずだ。確証もなく、これ以上小早川を拘束するのは無理だろう。

それとも、大滝係長は何か検察官を説得できるような材料を持っているのだろうか。

そうは思えなかった。もし、そんな確証があるのなら、とっくに逮捕状を請求しているはずだ。

高樹晶に話を聞けば、小早川が潔白であることは明らかになるはずだ。彼女は、それほど重傷には見えなかったので、すでに警察は話を聞いているはずだ。

まさか、高樹晶が小早川を陥るようなことを言ったのだろうか。彼女自身が何か勘違いをしている恐れもある。

大滝係長が小早川に疑いを向けるきっかけを作ったのは、おそらく地域課の菅井巡査部長だ。

大滝係長が最初から小早川に悪印象を持っていたとは思えない。菅井巡査部長が、小早川が怪しいと吹き込んだに違いない。

だが、それだけで大滝係長が無茶な尋問を続けるとは思えない。やはり、高樹晶の何らかの証言が影響しているのではないだろうか……。

　小早川はそこまで考えて、自らそれを打ち消した。

　こういう状況に追い込まれると、疑心暗鬼になってくる。誰もが怪しく思えてくるのだ。それは危険な兆候だ。

　警察が高樹晶から何を聞いたか、今の小早川には知りようがない。知りようがないことを、あれこれ考えても仕方がないのだ。

「私は高樹さんを襲撃したりはしていません。高樹さんが出て行った後、私は研究室でゼミの準備をしていました。サイレンの音が聞こえたので、何事かとエレベーターで一階に下りました。そのとき、高樹さんが救急車に運ばれる姿を見ました。私に関する事実はそれだけです」

「それを証明する人はいないんですよね」

「私が高樹さんを襲撃したことを証明する人もいないはずです。そんな事実はないのですから」

　大滝係長は、大きく溜め息をついてから言った。

「今日は泊まってもらうことになるか……。言っておきますが、飯は出ませんよ」

　送検されて勾留されるまで、取り調べ中の食事は自分持ちだ。だが、店屋物を取ったり、弁当を買うのは、担当捜査員の判断だ。

「食事もさせずに、長時間拘束するというんですか？」

　小早川が尋ねると、大滝係長はそっけなくこたえた。

「そちらの態度次第ですね」

「こんなことをしている間に、本当の犯人が逃走してしまうかもしれません」

「我々は間抜けじゃないんですよ」

　そのとき、ノックの音が聞こえた。大滝係長は舌打ちをすると立ち上がり、戸口に行った。

「事情を聞いている最中だ。邪魔するな」

戸口の向こうにいるのは、さきほど見かけた強行犯係の捜査員のようだ。その声が聞こえてくる。

「お客さんがお見えでして……。急ぎで係長に会いたいと……」

「客？　誰だ……」

「それが……」

突然、ドアが大きく開き、来訪者の姿が見えた。

小早川がよく知っている人物だった。

だが、大滝係長は彼を知らないようだ。

「何だ、あんたは？」

「捜査一課特命捜査の保科といいます」

「特命捜査？　それが何の用です」

「あなたに用があるわけではありません。小早川さんに用があるのです」

保科孝は、本人が言ったとおり、特命捜査第一係の係長だ。かつて、小早川が麴町署で刑事課長をやっていたとき、彼は新人刑事だった。

大滝係長が言う。

「見てわからないんですか。こっちは捜査の最中なんです。遠慮してもらえませんか」

「捜査の邪魔をするつもりはない。ただ、ちょっと事情を教えてほしいと思ってね」

「特命捜査って、継続捜査をやるんですよね。それがなんで、首を突っこんでくるんです？」

「小早川さんとは、古くからの知り合いでね」

「それがどうしたんです。彼は重要参考人ですよ」

被疑者になったり重要参考人になったり、大滝係長の発言は一定しない。それだけ、彼の判断も揺れているということだろう。

保科が言った。

「世話になった元上司が身柄を引っぱられたと聞いたら、あんただって駆けつけるだろう」

その横から別の男の声が聞こえた。

「係長、いいから連れて帰りましょう」

大滝係長が、その声の主に向かって尋ねる。

「あんたは、何なんだ？」

「特命捜査第三係の丸山（まるやま）といいます」

「今、係長と言ったか？」

「そうです。保科さんは、特命捜査第一係の係長です」

　同じ係長でも、所轄の大滝はおそらく警部補、警視庁本部の保科は警部だ。

　階級も年齢も大滝係長よりも保科のほうが上だ。階級と年齢がものを言うのが警察社会なので、とたんに大滝係長は鼻白んだような表情になった。

　小早川は丸山もよく知っていた。かつてゼミで実際の事件を取り上げるに当たり、この二人にはいろいろと世話になった。

　大滝係長が言った。

「とにかく、うちの事案なんだから、引っ込んでいてくれ」

　それに対して、保科が言った。

「任意で事情を聞いているんだね？　本人は同意しているんだろうね」

「当たり前でしょう」

　保科が部屋の中を覗き込むようにして、小早川に尋ねた。

「本当にそうなんですか？」

　小早川はこたえた。

「言うべきことは、すべて言った。だから、帰りたいと思っていたところだ」

　保科が大滝係長に言った。

「……ということだから、連れて帰りたいんだが……」

「あんたね……」

　大滝係長が言う。「警察官ならわかるでしょう。自白を取ろうとしている最中に、被疑者を帰すわけないでしょう」

　丸山が言った。

「小早川さんが被疑者だという根拠は何です？」

小早川が取調室を出るとき、大滝係長が言った。

「このままで済むと思わないでください」


「そんなことを、あんたに教える筋合いはない。邪魔だから帰ってくれ」

保科が言った。

「特命捜査係はね、継続捜査だけを担当しているわけじゃないんだ。この事案を担当しようと思えばできるんだ」

大滝係長が言う。

「だが、現在担当しているわけではないでしょう」

「今、小早川さんに疑いをかける明確な根拠を聞かせてもらえなければ、その身柄をもらっていく」

大滝係長は、しばらく考えていたが、悔しそうに言った。

「好きにしてください」

保科が小早川に言った。

「行きましょう」

小早川は立ち上がり、出入り口に向かった。大滝係長は、助けなど決して許さないと言っていたが、結局は認めることになったわけだ。

10

刑事課の部屋を出ると、廊下に安斎がいた。

「そうか……」

小早川は安斎に言った。「君が保科たちに知らせてくれたんだな」

安斎は、人差し指を唇に当て、刑事課の出入り口のほうを見やった。

「とにかく、外に出ましょう」

四人は連れだって署の玄関を出た。目の前は山手通りだ。その歩道に、ゼミ生たちがいて、小早川は驚いた。

「君たちは、こんなところで何をしているんだ」

梓がこたえた。

「みんな気になってとてもあのまま帰る気になれなかったんです。それで、学内に残っていました。そこに安斎さんが連絡をくれて……」

「私のところにも、安斎さんから連絡が……」

そう言ったのは、丸山だった。「それで、保科係長に相談したんです」

小早川は安斎に言った。

「気を使ってくれたようだな」

「まさか、こんな展開になるとは思ってもいなくて、少々慌てました。まず、本部の誰かに相談しようと思い、丸山さんに……」

「ともあれ、助かった」

小早川は言った。「大滝係長は、本気で私を泊める気だったかもしれない」

安斎が頭を下げて言う。

「申し訳ありません。小早川さんが、被疑者だなんて、何かの間違いだと、自分は何度も言ったのですが……」

「とにかく……」

保科が言った。「こんなところで、立ち話もナンです」

「そうですね」

安斎が言う。「また大滝係長と顔を合わせてしまうかもしれません」

保科が小早川に言う。

「どこかで飯でも食いながら、話をうかがいましょうか」

小早川はうなずいて、安斎に尋ねた。

「中目黒あたりで、適当な店を知っているか？」

「学生さんたちも同席されますか？」

こいつ、期待しているな。そう思いながら、小早川はこたえた。

「本人たちが望むなら、帰れとは言えない」

それを聞いて、梓がこたえる。

「もちろん、ごいっしょします。私たちもお話をうかがいたいです」

安斎が首を捻る。

「すると、総勢九人ということになりますね。それだけの人数となると、居酒屋とかになりますが、けっこう賑やかですね。込み入った話はできないかも……」

梓が言った。

「いつもの店なら、落ち着いて話ができます」

三宿交差点近くにある、メキシカンレストランだ。大学からも近いので、ゼミのあとによく寄る店だ。

「歩いては行けないな……」

小早川はつぶやいた。目黒署から中目黒駅までは、男の足で二十分以上かかるだろう。そこからさらに二、三十分はかかる。

電車の便もよくない。一度渋谷に出ることになるが、それもずいぶんと遠回りだ。

それで、タクシー三台に分乗して向かうことになった。結局、大学の近くに逆戻りすることになったわけだ。

ゼミのやり直しだな。小早川はそんなことを思っていた。

「被害にあった高樹という学生が、一人で研究室を訪ねてきたのは確かなんですね？」

保科が小早川に言った。

いつもの席に落ち着き、飲み物や食べ物を注文すると、小早川は保科に求められて経緯を説明した。その後の質問だった。

小早川はうなずいた。

「真剣に議論をしたよ」

「何の話をしたんです？」

「本来は、研究室で交わした学生との会話の内容を、他人に洩らしたくはないのだが……」

そう言ってから、小早川はゼミ生たちの顔を見回した。彼女らはみんな、興味津々という表情だった。

小早川は続けて言った。

「まあ、今回は高樹さんもビラなどで公にしている話題だし、それほど問題はないだろう」

「ビラで公にしている話題？」

麻由美が尋ねた。「それって、ミスコンのこと？」

小早川はこたえた。

「そう。私は、高樹さんたちのグループが配っていたビラを読み、高樹さんの主張について話をしました」

「つまり……」

麻由美がさらに言う。「ミスコンは、男女差別だという考え方ね」

「ものすごく要約して言えば、そういうことになります」

保科がさらに質問した。

「高樹という学生と、男女差別について議論をした……。そして、一時間ほどで高樹さんは研究室を出ていったのですね」

「彼女がいたのは、三十分くらいだと思う」

「それから、しばらくしてサイレンの音が聞こえてきた。それで、小早川さんはエレベーターで一階まで下りて、外に出てみたのですね」

「そういうことだ。そのとき、安達さんに会った」

保科は蘭子を見た。蘭子は無言でうなずいた。

「安達さんにお会いになるまで、誰とも会っていないのですか？」

「会っていない」

「高樹さんが被害にあう前に、最後に会ったのは、小早川さんなんですね？」

「大滝係長は、そう言っていた」

「裏は取れているんでしょうか。高樹さんは何と言ってるのでしょう？」

「それは私にはわからない。高樹さんは病院に運ばれ、私は警察に引っぱられたんだからな」

保科は丸山に言った。

「たしかになあ……。疑おうと思えば、疑えるなあ」

梓が保科に言った。

「保科さんも、先生がやったとお考えなわけですか？」

「いや、そうじゃない。いくつか小早川さんにとって不利な事実があるというだけのことです。小早川さんが犯行に及んだなんて、私は思っていません」

「でも、疑おうと思えば疑えると……」

「所轄の刑事たちは、小早川さんを被疑者にしたがるかもしれないと思っただけです」

「被疑者にしたがる……？」

「刑事にとって何より大切なのは、事実です。犯罪の事実を証明できなければ、起訴することはできない。しかし、その事実が曲者（くせもの）なのです」

麻由美が尋ねる。

「事実が曲者って、どういうことですか？」

「例えば、誰かが私を罪に陥れようと考えて、ある事件の現場に、私の私物を残しておいたとします。警察はその事実を見て、私に疑いをかけるでしょう」

「濡れ衣を着せられて、それで終わりってわけ？」

「昔なら、捜査の過程で、本ボシではないということが明らかにされたことでしょう。しかし、今はそれをあまり期待できなくなってきているような気がします」

「なぜです？」

「残念なことに、我々より下の世代は、ずいぶんと捜査能力が落ちているように感じられるからです」

ゼミ生たちは、安斎のほうを見た。安斎は居心地悪そうに、少しだけ身じろぎをした。

麻由美がさらに尋ねる。

「それは、どうしてなんですか？」

「まあ、警察官になる動機が、昔とはちょっと変わってきているからかもしれませんね。我々の時代は、志望の動機は何と言っても正義感でした。今は、公務員で安定しているとか、制服を着ていれば偉そうにできるとかいう理由が多いみたいです」

蘭子が言う。

「先ほどの研究室での態度を見ると、とても信頼する気にはなれませんね」

それを聞いて安斎が小さくなった。

保科が小早川に尋ねた。

「そんなにひどかったんですか？」

「学生たちを怒鳴ったりしましたね。まあ、そういうことをやる刑事は珍しくありませんがね……」

保科は小さくかぶりを振った。

「小早川さんは、退官されて何年か経っていますから……。現場の様子は変わってきましたよ。昔、刑事は足で情報を稼いだもんですが、今では、防犯カメラやドライブレコーダーなんかからデータを引っぱってくるんです。人から生の声を聞くんじゃなくて、パソコンの画面に向かって、ビデオの映像をずっと見つめていたりするんですよ。若い捜査員は、そういうのに、すっかり慣れてしまっていますからね……」

「そういうデータは重要だろう。私の現役の頃に、ドライブレコーダーなんてものがあればよかったと、心底思うよ」

「データや画像の解析は重要です。でも、それと同じくらい……、いや、もっと大切なものがあると、私は思うんです」

　小早川は苦笑した。

「保科も愚痴(ぐち)っぽくなったね。そういう年齢なのかね。だが、まあ、言いたいことはわかる。力不足の捜査員は、目先の事実を後生大事にして、その背後にあるものまで思いが至らないのだろうな」

　保科が同意する。

「そうなんです。大滝と言いましたか？　あの強行犯係長。ちゃんと考えれば小早川さんが犯人でないことくらい、すぐにわかりそうなものです。それなのに彼は、ずっと自白を迫っていたんでしょう？」

　安斎が慌てた様子で言った。

「大滝係長は、優秀な捜査員なんです。部下の人望も篤い。今回は、なんだか調子がおかしいようです」

「優秀なのは、よくわかったよ」

　小早川は言った。「取り調べで豪腕を発揮するタイプだな。もし、私が警察にいた経験のない一般市民だったら、今頃大滝係長が言うとおりに自白してしまっていたかもしれない」

　それくらい、大滝係長は、取り調べについて優秀だということだ。つまり、本当に犯人だろうがそうでなかろうが、自白を取れるのだ。

　梓が驚いたように言う。

「それって、冤罪ってことですよね」

「そう。警察官の熱心さが冤罪を生むこともあります」

「熱心さが冤罪を生む……」

「刑事は、被疑者を落とさなければならないという強い責任感を持っています。何が何でも自白を取りたいのです。だから、あの手この手で被疑者を攻めるのです。かつては、拷問(ごうもん)まがいのこともやりました。捜査員が交代で、被疑者を寝かせずに攻めつづけるなんてことも、日常茶飯事でした。被疑者を取調室ではなく、道場に連れて行って、腹を殴ったり蹴ったりすることだってありました。顔面だと痣が残ったりしますから、腹を攻撃するんです」

保科が補足するように言う。

「今はちゃんとしたルールが決められました。一日の取り調べの時間は原則八時間までとなっていますし、昼間にやることになっています」

「そんなルールを守っていては、したたかな犯罪者から自白は取れない。そう考えている捜査員はたくさんいるでしょう」

小早川が言うと、保科は小さく肩をすくめた。

「まあ、否定はできませんね。今でも、取り調べでは、そうとうにきついことをやりますよ。現場の警察官たちは、犯罪と戦っているという自負がありますからね」

「犯人は誰なのかしら……」

蓮がぽつりと言う。

みんなの注目を集めたことに気づくと、蓮は慌てた様子で言った。

「あ、先生が犯人じゃないってことは、みんなわかってるのよね。だったら、犯人は誰なのかなと思って……」

「そうですよ」

安斎が言った。「それが重要なんじゃないですか」

蘭子が小早川に言った。

「このゼミは、身近で起きた事件にも敏感でいなければならない。先生はそうおっしゃいましたね」

「はい」

「では、このゼミで犯人を推理してみてもいいのではないでしょうか」

「そのためには、いろいろと調べなければなりませんね」

保科が言った。

「本来なら、そういうことは警察に任せておけと言いたいところですが、担当の目黒署強行犯係は、小早川さんが犯人と決めつけているようです。なんとかしないと……」

安斎が困った顔で言う。

「地域課の菅井巡査部長が、何か言ったようですね。小早川さん、菅井巡査部長をご存じなのですか？」

「現場で初めて会った。横柄なので、ちょっと反抗的な態度を取ったら、腹を立てた様子だったね」

それを聞いた丸山が驚いたような顔で言った。

「たったそれだけのことで、怨みを買ったということですか？」

安斎が顔をしかめた。

「菅井さんは、待機寮で後輩をいじめるようなタイプらしいです。でも、上司や先輩には絶対服従なので、上からはかわいがられるんです」

丸山が首を傾げる。

「先輩に絶対服従なら、小早川さんにも逆らわないんじゃないですか」

小早川は言った。

「菅井にとっては現職の上司や先輩でないと意味がないのだろう。彼にとって私は、ただの一般人だ」

丸山がさらに言う。

「小早川さんを怨みに思った菅井が、大滝係長に先入観を植え付けたということですか。信じられないな……」

小早川は言った。

「菅井の言うことを鵜呑(うの)みにしたわけではないだろうが、筋読みというのは微妙なものだ。ちょっとしたことで影響を受けることもある」

「そんなもんですかね……」

小早川は、蘭子に言った。

「高樹さんの件も気になるでしょうが、本来ゼミで取り上げる事柄について考えなければなりません。駅で傷害罪に問われ、否認して控訴した件ですが、それを取り上げようと思います」

蘭子はうなずいた。

「はい」

小早川は他のゼミ生に尋ねた。

「みなさんも、異存はありませんね」

彼女らはそれぞれにうなずく。

その反応を受けて、小早川は保科に言った。

「近々控訴審判決が出る傷害事件がある。それについていろいろ調べたいのだが、協力してくれるかね？」

保科は、何か別なことを考えていた様子で、はっと小早川を見た。

「控訴審判決ですか。わかりました」

「何を考えていたんだ？」

「いえ……」

眼をそらした保科が、あらためて視線を小早川に向けて言った。

「強行犯係の係長は、理由を付けてまた小早川さんを拘束するかもしれません」

「そうかもしれないね」

「小早川さんに疑いがかかったままにするわけにはいきません。この事案、特命捜査係で担当しようかと思うのですが……」

小早川は驚いた。

「そんなことをしたら、大滝係長がよけいにへそを曲げるんじゃないのかね」

「そこはうまくやります。つきましては、ゼミのみなさんのご協力をお願いしたいと思いまして……」

小早川は、この申し出に、さらに驚いていた。

11

十月十八日金曜日。

今日は、例の駅構内での暴行傷害事件の控訴審判決が出る日で、蘭子が傍聴に行っているはずだ。その結果を知らせてくれることになっていた。

金曜日は三・四時限で『捜査とマスコミ』の講義がある。二年生が対象なので、ゼミの学生はこの講義にはやってこない。

小早川は時計を見た。十時四十分だ。三時限は十時四十五分からだが、少し遅れて行ったほうがいいので、もう少し研究室にいることにした。

水曜日の夜の、保科係長の申し出のことを考えていた。

高樹晶の傷害事件を、特命捜査係が手がけるというのはありがたい話だ。このまま目黒署に任せていたら、小早川が犯人にされてしまいかねない。

だが、小早川ゼミに協力してほしいという申し出には戸惑ってしまった。

警察は、一般人が捜査に介入することを極端に嫌う。情報漏洩（ろうえい）の危険があるし、自分たちは捜査のプロだというプライドがある。

だから、小早川は、保科が言ったことが信じられなかった。どういうつもりか聞き出そうとすると、保科は言った。

「継続捜査がどういうものか、小早川さんもご存じでしょう。動かせる人員は限られています。どうしても緊急性のある事案に人が割かれますからね。うちが担当するということはつまり、そういうことなんです。もちろん、目黒署と協力態勢が取れればそれに越したことはありません。しかし、もし、対立するような場合、協力してくれる人は一人でも多いほうがいい」

ゼミ生たちは、自由に大学内を歩き回れるし、いろいろなことを見聞きできるだろう。それはおそらく大きな助けになる。

加えて保科はそう言った。

それでも、小早川は釈然としなかった。すると、さらに保科は言った。

「普通の人たちなら、私だって捜査の手伝いを頼んだりはしません。小早川さんのゼミの学生さんだからお願いしているのです」

それを聞いて、小早川も納得した。

学生の研修だと思えば、むしろ小早川のほうから頼みたい内容だ。

捜査一課内で調整し、特命捜査係が高樹晶への暴行傷害事件を手がけるようになったら、すぐに知らせると、保科が言った。

別れ際、彼に釘を刺された。

「小早川さんのことだから、おわかりだと思いますが、被害者には接触しないでください」

当然の気配りだったが、言われなかったら、高樹晶に会おうとしたかもしれない。自分のこととなると、なかなか物事を客観的に見ることができない。

高樹晶が警察に何を言ったか、直接聞きたいと思っていたのだ。すでに退院したのかどうかも気になる。

だが、そんなことをしたら、目黒署の大滝係長の思う壺だろう。彼は、小早川が何か工作をするために高樹晶と会ったと思うに違いない。

十時四十五分になった。授業始まりの時間だ。小早川は、研究室を出て教室に向かった。


どう見てもやる気のない学生を相手にした講義を終えた。

大学で教えはじめたばかりの頃には、小早川もあれこれと工夫を凝らした。なんとか、学生たちの興味を引こうと考えたのだ。

何年か経つと、それがまったく無駄なことだったことに気づいた。彼女らはいったい何をしに大学に来ているのだろう。

授業中はスマホに触ることを禁止している教職員もいる。だが、そんな努力もむなしいと小早川は思っている。

　ゼミを始めることで、その無力感から脱することができた。ゼミ生たちは優秀で、しかもやる気満々だ。彼女らと接することで悟った。

　今まで、ダメな学生にだけ眼がいっていた。だから腹が立ち、無力感に苛まれることになったのだ。

　やる気のない学生は放っておけばいい。自分は、勉強熱心で向上心がある学生だけを見ていればいいのだ。

　そう思うだけで、光景が一変した。すべての学生が無気力なわけではない。教室内には熱心に講義を聴いている学生もいた。今まで、そちらに意識が向いていなかっただけなのだ。

　今では、かなり心穏やかに講義をすることができる。

　食堂で昼食を済ませて研究室に戻った。調べ物をしていると、ノックの音が聞こえた。

　返事をするとドアが開き、蘭子が顔を覗かせた。

「控訴審はどうでした？」

　小早川が尋ねると、蘭子は入室してきて、立ったまま報告した。

「原判決が取り消されました。無罪判決です」

「ほう、それは珍しい」

　つい、そう言ってしまった。刑事事件の控訴審で判決が覆ることは、本当に珍しいのだ。

「注目した甲斐（かい）があったと思います」

「さすがですね。無罪判決が出ると予想していたんですね」

　別に被告人が身内だったわけではないのに、蘭子はどこかうれしそうだった。

「ただ……」

　彼女はふと、表情を曇らせると言った。「これで検察側が上告しなければ、無罪が確定です」

「上告の期限は二週間ですね。それが、何か

「……？」

「それで裁判は終わるので、継続捜査ゼミで取り上げる理由がなくなるんじゃないかと思いまして……」

「なるほど……」

小早川は考えた。

「あくまでも事案が継続しているからこそ、課題として取り上げる意味があるんですよね」

基本的には蘭子が言うとおりかもしれない。だが、と小早川は考えた。

「必ずしも継続中の事案でなくてもいいのではないかと思います。今回、安達さんは、冤罪という観点から、この事案に興味を持たれたのでしょう？　ならば、それを検証するいい機会だと思います。公判中ならば、被告人から話を聞くことはできないでしょうが、判決が出た後なら、それが可能かもしれない」

再び蘭子の表情が明るくなった。

「集めた資料が無駄にならないで済みます」

小早川はかぶりを振った。

「もし今回、その事案を取り上げなかったとしても、資料は無駄にはなりませんよ。それはあなたの財産です」

「はい」

「私は予定どおり、この事案を課題として取り上げたいと思います。もし、検察が上告すれば、継続中の事案ということになるわけですしね」

「上告するでしょうか？」

「どうでしょう。最高裁への上告ということになれば、憲法違反や憲法解釈の誤り、最高裁の判例違反を指摘しなければなりません」

「ゼミで取り上げることになれば、上告するかどうかも全員で見守ることになりますね」

「検察官と被告人、双方の言い分を検討することになるでしょう。検察官の意見としては当然、上告の可能性も視野に入れなければならないでしょう」

蘭子はうなずいてから、一瞬間を置いて言った。

「その後、警察からは何か……」

「いいえ、特に何も言ってきませんね。様子を見ているのか、証拠固めをしているのか……。まあ、証拠など出てくるはずもありません。私は何もやっていないのですから……」

「高樹さんに会ってこようと思っているのですが……」

小早川は驚いて聞き返した。

「あなたが高樹さんに……？」

「先生が直接会いに行かれるわけにはいかないのですよね。一昨日の夜、保科さんもそうおっしゃってました。ならば、私が会いに行こうと……」

「正直に言うと、高樹さんが今、どこで何をしているのか気になっています。ミスコン反対運動の演説も今日はやっていないようですし……」

「今日は学内で彼女の姿を見かけていません」

「まだ病院にいるという可能性もありますね」

「でも、何日も入院するほどの怪我には見えませんでした」

「心理的な影響が残っているのかもしれません。退院したとしても、自宅で静養している可能性は高い……。誰か、高樹さんと親しい学生を知っていますか？」

「そうですね……。同じクラスなので、心当たりはあります。高樹さんが今どうしているのか、その人たちに訊いてみましょう」

蘭子が高樹晶の周辺で何かを尋ねて歩くと、大滝係長は、小早川がやらせていると邪推するだろうか。その可能性はおおいにあると思った。

向こうは難癖をつけるチャンスをうかがっているはずだ。そういうところは、ヤクザなどの反社会的勢力と変わらない。

だからといって、それを警戒してじっとしているのも腹立たしい。高樹晶と接触することを法的に禁止されているわけではない。

小早川は言った。

「では、お願いすることにしましょう。できれば、高樹さんが警察にどのような話をしたか訊ければいいのですが……」

「わかりました。とにかく、彼女が今どうしているのかを調べてみます」

「無理はしないでください」

「だいじょうぶです。では、失礼します」

蘭子は礼をして研究室を出ていった。


午後五時過ぎ。研究室で調べ物をしていた小早川の携帯電話が振動した。保科からだった。

「捜査一課長に話をつけました」

「目黒署の件を、特命捜査係が担当することになったということだな?」

「そうです。目黒署との合同捜査になると思います」

「本部と所轄が合同捜査をやる場合は、本部が主導権を握るものだが、今回もそういうことになるのか?」

「残念ながら、主導権はどうですか……。一昨日申し上げたとおり、こちらで割ける人員が少なくて……」

「何人だ?」

「二人です」

「なるほど……」

「丸山が担当します」

「もう一人は?」

「丸山と同じ特命捜査第三係の、溝口栄太郎という者です」

「合同捜査ということは、捜査本部を作るということか?」

「そうですね。いちおうそういう体裁でしょう。ですが、目黒署の強行犯係プラス丸山と溝口の二人、という少人数の態勢です。部屋の隅に二人の机が用意されて、専用回線の電話が引かれるくらいでしょうね」

「丸山たちが担当してくれるというのは、私にとって朗報だ」

「ついては、一昨日もお話ししたように、ゼミの皆さんからの情報提供をお願いします」

「了解だ。さきほど安達さんが来て、高樹さんから話を聞いてみたいと言っていた」

保科はふと、戸惑ったような話し方になった。

「丸山たちがあらためて話を聞きに行くと思いますが……」

「警察が行くのと、同級生が行くのとでは、聞き出せることが変わってくると思う。君らが期待しているのは、そういうことなんじゃないのかね」

「そうですね。では、安達さんに連絡を取るように、丸山に言っておきます」

「わかった」

「容疑が晴れるまで、私は小早川さんには直接お会いしないほうがいいと思います。目黒署に弱みを握られることになりかねませんので……。目黒署の安斎にもその旨、申し伝えておきます」

「警察に疑われる立場になるのはこれが初めてだが、なかなか面倒なものだな」

「すぐに容疑は晴れると思います」

「もし私が警察ＯＢでなく、君のような知り合いもいなかったら、もっと不自由で不安なのだろうな……」

「そうでしょうね」

「冤罪というのは恐ろしいものだ」

保科はその言葉には何もこたえなかった。

「では、また連絡します」

「ああ、よろしく頼む」

小早川は電話を切った。

そろそろ自宅に引きあげようと思い、机の上を片づけはじめたとき、固定電話が鳴った。内線だった。

「はい、小早川」

「原田です」

「学長。何でしょう」

「時間があるときに、お話を聞きたいんだけど」

「今、あいてますが……」

「こちらも今なら都合がいいわ。学長室に来てくださる？」

「わかりました。すぐに行きます」

電話が切れた。

小早川は荷物を持つとすぐに研究室を出て、学長室に向かった。


原田郁子学長は、小早川の幼馴染みだ。警察を退官する際に、その縁で大学に誘われたのだ。

彼女は修道女だが、いつもスーツ姿だ。ばりばりと仕事をしているせいか、実年齢よりもはるかに若く見える。

「お呼びですか」

机の前に立ち、小早川がそう言うと、原田学長はほほえんだ。

「どうして丁寧語なの？」

「私は新米教授で、そちらは学長です」

「そんな気づかいは無用よ。大学に来る前と同じでかまわない」

「警察官はけじめを大切にするんですよ」

「あなたは、もう警察官じゃないのよ」

小早川は肩をすくめて言った。

「何か話があるんだろう？」

原田学長は、立ち上がるとソファに移動し、小早川にも座るようにすすめた。

小早川が腰を下ろすと、彼女は言った。

「警察に事情を訊かれたそうね？」

「うん。目黒署に行ってきた」

「高樹晶の傷害事件ね？」

「学長は、学生一人ひとりの名前を把握しているのか？」

原田学長は苦笑した。

「彼女は特別よ」

「ミスコン反対運動の件で？」

「そうね。そのことで、話題に上っている」

「どこで話題に上っているんだね？」

「学務部とかね」

「大学職員の間で話題になっているということか？」

「そう。それで、あなたは容疑者ということなの？」

「目黒署の大滝という強行犯係の係長は、私を犯人にしたがっているようだが、まだ法的に容疑者というわけではない。ちなみに、容疑者という言い方はマスコミ用語で、司法機関の言い方では被疑者だ」

「被疑者ではないということ？」

「そうだな。まだ、今のところは……」

「でもこの先、被疑者になるかもしれないということ？」

「大滝係長次第だな。彼は優秀な警察官のようだ。だから、どんな手段を使ってでも私を被疑者にしようとするだろう」

「それが優秀な警察官とは思えないわ。強引なだけじゃない」

「警察内部では、それが優秀とされるんだ。そして、刑事にとって被疑者を落とすことは勲章だ」

「あなたは、犯人なの？」

「まさか」

「それなのに、その大滝という係長は、あなたを被疑者にしようとしているわけ？」

「そうだ」

原田学長はあきれたようにかぶりを振った。

「一般の社会では、そういう人を優秀とは言わないわ」

「だが、間違いなく大滝係長は優秀な警察官なんだよ」

「そういうことを聞くと、なんだか警察というのは怖いところだという気がしてくる」

「警察にいるときには、そうは思わなかったが、離れてみると、あなたの言うとおりかもしれないという気がする」

「本当に犯人じゃないのね？」

「犯人じゃない」

原田学長はうなずいた。

「その言葉が聞ければいい」

「信じるんだな」

「当然でしょう」

「私が逮捕されるようなことがあっても、信じるか？」

「そうね。おそらくは」

「おそらくか」

「人間ですからね。百パーセントということはあり得ない。でも、九十九パーセントは信じると思う」

「逮捕されても頑張れそうな気がしてきた」

「それで、本当の犯人は誰だと思う？」

「さあ、私が見たのは、高樹さんが救急車に運ばれるところだ。だから、何もわからない」

「目星はついているんじゃないの？」

小早川は、それにはこたえずに、逆に質問をした。

「ミスコンはどうなるんだ？」

「私は三女祭にはタッチしていないわ。あくまでも学生たちのお祭よ」

「動向くらいは把握しているんじゃないのか？」

「準備は粛々と進められているはずよ」

「三女祭には、インターカレッジのイベントサークルが関わっていると聞いたが……。たしか、メディアソサエティーとか言ったと思う」

「聞いたことはあるわ。でもね、もう一度言うけど、私は三女祭にはタッチしていないの。だから、そのメディアソサエティーのメンバーについても、何も知らない」

そこまで言って彼女は、はっと気づいたように小早川を見た。

「そのメディアソサエティーの中に犯人がいる、と……?」

小早川は慎重にこたえた。

「少なくとも、何か関わりがある可能性は高いと思う」

12

「どうして、そう思うの?」

原田学長にそう尋ねられ、小早川はこたえた。

「誰だって、ミスコン反対運動のことを思い浮かべるだろう。そして、ミスコンをやろうとしているのは、メディアソサエティーだ。つまり、高樹さんとメディアソサエティーは対立関係にあったということだ」

「警察もそう考えるはずね」

「残念ながら、目黒署の強行犯係は、そうではないようだ」

「誰だって、ミスコン反対運動のことを思い浮かべると言ったじゃない」

「通常なら、すぐにメディアソサエティーに事情を聞きに行っていると思う」

「じゃあ、どうしてそうしないの?」

「私からそのことを聞いたので、意地になって無視しようとしているのだろう」

「そんな人が優秀だと……？」

「優秀だよ。ただ、思い込みが激しいタイプのようだ」

「そんな人に捜査を任せておいてだいじょうぶなの？」

「警視庁本部捜査一課の特命捜査係が、この事案を担当することになった。彼らは当てになる」

「その特命捜査係の人が、メディアソサエティーのことを調べてくれるというの？」

「当然、そういうことになると思う」

「あなたが調べるわけじゃないのね？」

小早川は驚いて言った。

「私に捜査する権限はない。疑いをかけられているしな。今へたに動くと、大滝係長の思う壺なんだ」

「あなたが動けなくても、あなたの分身たちがいるでしょう」

「分身たち？　何のことだ？」

「ゼミの学生よ。あなたのゼミは、実践的に捜査のことを学ぶんでしょう？」

どうやら、保科だけでなく原田学長も、ゼミ生たちに妙な期待を抱いているらしい。

小早川は言った。

「ゼミ生にだって捜査する権限があるわけじゃない。捜査は警察に任せるしかないんだ」

「でも、あなたの教え子たちでしょう」

ゼミ生たちに期待しているということはつまり、小早川に期待しているということなのだ。

小早川はそれにようやく気づいた。

保科があんなことを言いだした理由も、実はそれだったのだ。

小早川はなんだか、申し訳ないような、照れくさいような、そして、幾分困ったような心境になった。

「とにかく、疑いが晴れないことにはどうしようも

「目黒署の刑事は、どうしてあなたを疑っているの？」

「高樹さんが二度、私の研究室を訪ねてきた。そのとき、二人きりだったんだ」

「あなたは、現代教養学科の教授で、高樹さんはその学生でしょう？　研究室を訪ねることに、何の不自然もないわ」

「いろいろとよこしまなことを想像するやつがいるんだ。検察にとって大切なのは、何が起きたかよりも、何が起こり得たか、なんだ。それを証明すれば、充分に裁判での説得材料になり得る」

「あきれた……。捜査とか裁判は真実の追究だと思っていた」

「ゲームであり、勝ち負けだと考えている検察官は少なくない。力業で弁護士をねじ伏せれば裁判に勝てる。そう思っているんだ。判事は有罪であることを前提に裁判を行っているし……」

「あなた、自分が犯罪者にされると思っているの？」

「いや、もちろんそんなつもりはない」

「だったら、そういうふうにネガティブなことを言うのはよしたほうがいい。日本の司法制度がそんなに絶望的なはずがない」

小早川は、その言葉についてしばらく考えていた。

おそらく、原田学長の言うとおりだ。小早川自身、日本の司法制度は公正に機能していると信じていたからこそ、警察官の職務を定年まで全うできたのだ。

警察や検察の捜査が、正しく行われているか検証する必要はある。だが、過剰に疑いを持ち、失望する必要はない。

「そうだな。私の嫌疑はすぐに晴れる」

「すでに、マスコミが嗅ぎつけて、大学の周辺に来ているらしいわ」

「高樹さんは軽傷なはずだ。マスコミが注目するほどの事件じゃない」

「ミスコンに反対する女子大生。元警察官の教授。その二人の関係。マスコミにとってはおいしいネタなのよ」

「もっと真剣に報道すべき事件はたくさんあるはずだ」

「マスコミにとってのニュースバリューというのは、ジャーナリストとしての興味とは別のところにあるようね。つまり、週刊誌が売れるようなネタ、テレビの視聴率を稼げるようなネタが、おいしいネタなのよ」

「今日は、『捜査とマスコミ』の講義をした。この講座では主に、捜査員の情報リーク、報道協定や協力について話をしているが、そのうち、今の日本のマスコミと本来のジャーナリズムという話をしなければならないと思う」

「ゲスト講師として、骨のあるジャーナリストを招いてはどうかしら」

「それも悪くはない。考えておく」

原田学長が立ち上がったので、小早川も腰を上げた。

彼女が言った。

「警察への対応は大切だけど、マスコミにも充分に気をつけてね」

「ああ、わかっている」

原田学長が席に着いたので、小早川は上体を十五度傾ける正式の敬礼をした。

「あなたはもう警察官じゃないと言ったでしょう」

「習慣というのはなかなか抜けない」

小早川は学長室を退出した。

そのまま大学を出て自宅に戻るつもりだった。正門を出ると、アーミーカラーのジャンパーの男が近づいてきた。

警戒する小早川に、彼はある有名な週刊誌の名前を言ってから尋ねた。

「小早川先生ですね。ちょっとお話をうかがえませんか？」

「すまんが、話はできない」

「怪我をされた学生さんについてなんです。その学生は先生の教え子なんですよね？」

二人のやり取りを見て、テレビカメラが近づいてきた。

小早川は、よくカメラの前を無言で通り過ぎる取材対象者のことを思い描いていた。記者やレポーターの問いかけにこたえないだけで、視聴者に対してはずいぶんと悪い印象を与えるものだ。

実はああいう映像は、多分に編集のせいだということを、小早川は経験上知っていた。

多くの対象者は、取材者と多少の会話は交わすのだ。その会話の大部分はカットされてしまう。すると、無愛想に無言で通り過ぎる映像ができあがるというわけだ。

マスコミは意図的にそういう操作をする。政治家の発言については常にそういう操作が行われていると考えたほうがいい。

国民はマスコミのそうした演出によって操られている。そして、その演出が誰の意思によるものか、明らかにされることはない。

小早川は週刊誌の記者にきっぱりと言った。

「今は話せない。警察が捜査中だ」

「つまり、小早川先生も警察から話を聞かれたということですね？」

彼らはそれを知った上で質問しているはずだ。確認を取っているのだ。

「ノーコメントだ」

こういう場合に、ノーコメントを連発するのは見苦しいと思っていた。だが、いざ自分がその立場に置かれてみると、それ以外の言葉が見つからなかった。

カメラクルーとレポーターがやってくる。雰囲気からして、ニュース番組ではなく、ワイドショーのようだ。

その他の記者も近づいてくる。背広を着ているのは新聞記者だろう。

小早川は足早に、その場から立ち去ることにした。通りを歩いていると、ちょうどタクシーの空車がやってきたので、それを拾った。

記者たちに囲まれる前にタクシーに乗り込むことができた。そのまま自宅に向かう。

自宅を張っている記者がいたらどうしよう。そんなことを思ったが、到着してみると、記者やレポーターの姿はなかった。

家に入ると、ようやく気分が落ち着いた。実際に罪を犯していなくても、疑いをかけられるだけで生活は一変する。それを実感した。

警察官だった頃は、考えもしなかったことだ。当時は、犯罪者を取り締まることしか考えていなかった。まさに犯罪者との戦いの日々だったのだ。


夕食の仕度にはまだ早い。

小早川はコーヒーをいれて、リビングのソファに座った。すでに夕刊が来ていたので、それを取ってきていた。

蘭子が言っていた事件のことが載っていないか調べてみた。社会面に小さな記事を見つけた。

被害にあったと訴えていたのは、北上政男（きたがみまさお）。四十五歳の会社員だ。傷害罪に問われていたのは、二十八歳のアルバイトの男性だ。

こちらは実名が書かれていない。人権を考慮して報道をひかえているのだろう。だが、今の世の中、被疑者や被害者の実名がインターネットですぐに公開されてしまう。

恐ろしい世の中になったものだと思う。

自慢げにインターネットで罪が確定していない人や、被害者の実名を発表する人たちは、いったい何を考えているのだろう。

被疑者が無罪になったら、取り返しがつかないのだ。被害者が、名前を知られることで、さらに傷つけられる種類の犯罪もある。

彼らは、自分が正義を行っていると思っているのだろうが、それは勘違いだ。正義の名のもとに、人権が傷つけられるようなことがあってはならないと、小早川は思う。

検察側の証拠が不充分ということで、一審の判決を覆し、無罪の判決が下った。

検察側が上告するかどうかは、まだ書かれていない。だが、おそらく上告を検討しているはずだと小早川は思った。

こういう場合、検察は意地になる。顔を潰されたと感じるらしい。そこで、何が何でも有罪を勝ち取ろうと考えるのだ。

とはいえ、上告が認められるかどうかはわからない。蘭子にも言ったことだが、最高裁で争うには、憲法違反か憲法解釈の誤りなどを指摘しなければならない。

判決が不満だからというだけの理由では認められない。

駅の構内での傷害事件に、憲法違反を持ち込むのは、いくら検察が強引だからといっても、無理な話だろう。

おそらく上告したとしても、棄却されるのではないかと、小早川は思った。そうなれば、二十八歳のアルバイトの無罪が確定する。

小早川はこの事件に興味を引かれた。

記事には、詳しい経緯は書かれていない。裁判の結果を知らせるのが主旨だからだろう。

証拠不充分ということだったが、裁判ではもっといろいろなことが検討されたに違いない。よほど検察側の旗色が悪くなければ、こういう結果にはならない。

蘭子はどういう理由でこの事件に注目したのだろうか。あらためてそれを尋ねてみたかった。彼女は法律の知識だけでなく、事件に対する独特の嗅覚のようなものがある。

　警察に入れば、優秀な捜査員になれるに違いない。だが今のところ、本人にはその気はまったくなさそうだ。残念だと、小早川は思った。

　携帯電話が振動して表示を見ると、蘭子だったので驚いた。このタイミングで本人から電話が来るとは……。

「はい、小早川です。安達さん、どうしました？」

「高樹さんに会えました」

「ほう……。病院ですか？」

「いえ、もう退院して、自宅にいました」

「話をしたのですか？」

「今いっしょなんですが……」

　小早川は眉をひそめた。

「それで……？」

「彼女、先生に会いたいって言ってるんです」

「会いたい……」

　小早川は躊躇（ちゅうちょ）した。

　保科からは、直接接触するのは避けるように言われている。小早川自身もそうすべきだと思っている。

　だが、向こうが会いたいと言っているのに、断る手はないという気もする。話を聞きたいのは山々なのだ。

　決断するのに、それほど時間はかからなかった。

「わかりました。今から自宅に来ていただけますか？」

「ちょっと待ってください。高樹さんに訊いてみます」

　ややあって、再び蘭子の声が聞こえてくる。「これからすぐにうかがいます」

「自宅の場所はわかりますか？」

「住所はわかりますから、スマホの地図アプリを見て行きます。たぶん、三十分から四十分くらいで行けます」

「では……」

小早川は電話を切った。便利な世の中になったものだ。スマホがあればたいていのことができる。

蘭子が言ったとおり、彼女らは四十分ほどでやってきた。

高樹晶は幾分顔色が悪いようにも見えるが、その他は変わった様子はなさそうだった。

小早川は尋ねた。

「お怪我の具合はいかがですか？」

「骨とかに異常はないので、だいじょうぶです。頭皮に裂傷があり、ホチキスで止めてあります」

「ガーゼも包帯もしていないのですね」

「血が止まっていますから。髪を剃られるかと思ってどきどきしましたが、今はほとんど髪を剃らないらしいです」

二人をリビングルームに招き入れ、ソファに座るように言った。

「コーヒーでいいですか？」

するとと蘭子が言った。

「あ、私がやります」

「お二人はお客さんですから、気を使わないでください」

コーヒーメーカーのサーバーから二つのカップにコーヒーを注いだ。二人にコーヒーを出すと、小早川もソファに腰を下ろした。正面ではない。彼女たちに九十度の角度で置かれた一人がけのソファだった。

小早川は高樹晶に言った。

「直接、話をうかがいたいと思っていたんです。しかし、警察の仲間から、疑いが晴れないうちは会わないほうがいいと言われました」

「先生が警察で尋問を受けたという話を聞きました。どうしてそんなことに……」

「まあ、一言で言えば、警察の勘違いですね」

「まさか、と思いました」

「差し支えなければ、警察に何を話したのか教えてもらえませんか。無理にとは言いません。本当に差し支えなければ、でいいんです」

「私としては、別に何の問題もありません。事件の状況を詳しく尋ねられたので、覚えていることを説明しました」

「覚えていること……」

「ええ。ひどい衝撃を受けてから、一瞬意識が飛んだようですし、すっかり動転していましたので……」

「記憶が抜け落ちているということですか?」

「そうですね。そんな感じです。覚えているのは、先生の研究室を出てエレベーターに乗り、一階にやってきたこと。メインストリートへの近道を使おうとしたこと……」

大学構内を横断している一本道をみんな「メインストリート」と呼んでいる。そして、教授館からメインストリートに向かうには、二通りの道がある。一つは、ちょっと回り道になるが広い道。もう一つは、建物の間を縫うように通る細い道だ。

この細い道のほうが近道だ。人通りがあるのは広い道のほうで、近道は裏道なので、あまり人が通らない。

小早川もいつも広い道のほうを使う。……というか、裏道を道だと思ったことがない。

「いつもその道を使うのですか?」

「ええ。そうです」

「そのことはみんな知っていましたか?」

「そのこと……?」

「あなたが裏道を通るということを、です」

「友達なら、知っていたと思います」

「安達さんはどうです?」

小早川に尋ねられて、蘭子はかぶりを振った。

「いえ、私は知りませんでした」

高樹晶が言った。

「いっしょに運動をやっている友達は知っています」

「運動というのは、ミスコン反対運動のことですね？」

「そうです」

「犯人を見たかどうか、警察に訊かれたでしょう」

「はい」

「どうこたえたのですか？」

「見ていないとこたえました。事実、見ていないのですから……。後ろから突然殴られたようで。目から火花が散ったような感じがして、あとは病院に着くまでほとんど何も覚えていません」

「犯人が私かもしれないと、警察に言いましたか？」

高樹晶はきっぱりと首を横に振った。

「言っていません。犯人を見ていないのですから、そんなことを言うはずがありません。それに、私は先生が犯人だなんて、あり得ないと思っていますし……」

最近の若者は、「あり得ない」と簡単に言う。それくらいの軽い意味かと思いながら、小早川は尋ねた。

「どうしてあり得ないと思うんです？」

「私がエレベーターに乗ろうとしたとき、もう一基のエレベーターは下っていくところでした」

「それはどういうことですか？」

「先生が私のあとをつけようとしたら、もう一基のエレベーターに乗らなければならないでしょう。でも、もう一基はすでに下っている最中でしたから、来るのが遅かったはずです。もし、それに乗ったとしても、私はかなり先を歩いていて襲撃などできなかったはずです。階段では余計に間に合わないでしょう」

「警察でその話をしましたか？」

「いえ、そういうことは訊かれませんでしたから」

「何を訊かれたのですか？」

「主に、先生との関係について、です」

やつらは週刊誌の記者か。

小早川は、珍しく目黒署強行犯係の連中に腹を立ていた。

13

「こういう話を聞くと、私は警察を信じられなくなります」

蘭子が言った。

小早川はこたえた。

「かつて、警察にいる頃、私は一般市民のことを信じていませんでした。人は罪を犯すもの。そして、必ず言い逃れしようとするもの。そう考えていました。罪を憎んで人を憎まず、などという言葉がありますが、そんなのは無理です。警察官も人間ですから、犯罪者が憎い。だから、被疑者を徹底的に締め上げます」

言いながら、小早川は思っていた。

俺は、懺悔をしたいのだろうか。

「世の中、善人ばかりではない。警察にいるときに、私はそう考えていました。性悪説でないと、警察官などやっていられないのです。毎日、犯罪者を相手にしていると、そういうことになってしまうのです」

蘭子が言った。

「性善説か性悪説か……。それによって、法律の解釈も変わってくると思います」

「罪を認めていない人に、認めさせるのが自分の役目だと思っている刑事は少なくありません」

「一般市民は警察を恐ろしいものと考えています。警察官の姿を見るだけで緊張するのです。それが犯罪の抑止力にもなっています。一方で、何もしていない人が犯罪者にされてしまうのだとしたら、それは恐怖政治と変わりません」

「そう。顕在化しない恐怖政治です。表に出ないので始末に負えない。警察の取り調べのきつさは、それを受けた者にしかわかりません。そして、それが社会一般に知られることはほとんどないのです」

高樹晶が言った。

「私は、そういう状況を認めたくはありません」

そうだろうな、と小早川は思った。

ミスコン反対運動の先頭に立つほど人権意識が強いのだ。こうした人権無視の類の話は我慢ならないはずだ。

小早川は高樹晶に言った。

「警察にいる頃、私はあまり人権について考えたことがありませんでした。人権という言葉は、弁護士が我々に突きつけるもので、我々の側から提示するものではなかったのです」

「だとしたら、先生には、私がミスコンに反対する理由を理解していただけないかもしれませんね」

小早川はかぶりを振った。

「私は反省を込めて、当時のことを語っているのです。私はあなたの主張について理解しようと努力していますし、さらに深く考察してみたいとも思っています」

「でも、先生は私の意見に反対されているように、私は感じました」

「根本にある人権については、決して反対はしていません。過剰に反応しているのではないかと思われる部分について反対意見を述べたに過ぎません」

「総論賛成で各論反対。それは、政治的な駆け引きでよく使われる手ですね」

「私は何も、あなたと政治的な駆け引きをしたいわけではないのです。ただ、主張を多くの人に受け容れられるような方策があるのではないかと言っているだけです」

「私の主張は受け容れられつつありました」

小早川は、ふと彼女が過去形で言ったことが気になった。

「反対運動はどうなったのですか？」

高樹晶の眼差しが厳しくなった。

「自粛しようということになりました」

「自粛……」

蘭子が補足するように言った。

「大学側がそう働きかけたというんですが……」

「大学側……。さきほど学長と話をしたんですが、そんなことは一言も言っていませんでしたね」

「学務部がそう言ってきたということです」

蘭子の言葉を確認するために、小早川は高樹晶に尋ねた。

「学務部が何と言ってきたのですか？」

「警察の捜査の最中なので、反対運動などの目立つことはやめてほしい、と……」

「それはいつのことです？」

「病院に運ばれたときのことです」

「学務部の人が病院にあなたを訪ねて行ったということですか？」

「そうです」

「ずいぶんと対応が早いですね……」

「私だけの問題ではなく、仲間たちの身の安全のことを考えろと言われました。そう言われたら、自粛せざるを得ません。実際に、仲間たちは怖がっていますし……」

　そうだろうな、と小早川は思った。

反対運動とは言っても、半ば遊び感覚の仲間もいたはずだ。リーダーが襲撃されたと聞いて怯えるのも無理はない。

　蘭子が小早川に尋ねた。

「先生はこれから、どうなるのでしょう？」

「警視庁の特命捜査係が捜査を担当すると言っていましたので、彼らがあなたがたに連絡してくると思います」

　高樹晶が怪訝そうな顔をした。

「特命捜査係……？」

「警視庁の捜査一課に、特命捜査対策室というのがあり、その中の係のことです。主に、継続捜査を担当します」

「その係が今回の事件を担当するんですか？」

「そうです。詳しく調べてくれると思います」

「わかりました」

「病院に訪ねてきた学務部の人の名前を教えてもらえますか？」

　小早川がそう言うと、高樹晶は怯えたような顔になった。

「どうしてそんなことをお訊きになるのですか？」

「そう訊かれるとこたえに困るのですが……。元警察官の性でしょうか。細かなことが知りたくなるのです。調べておかないと気持ちが悪いのです」

「喜多野という人でした」

「フルネームは？」

「ちょっと待ってください」

　高樹晶はバックパックから手帳を取りだし、それに挟んであった名刺を小早川に差し出した。

「学務部学生課　喜多野行彦」と書かれていた。小早川は名刺を高樹晶に返して言った。

「病院であなたに面会に来たのは、その人だけですか？」

「運動の仲間も来たみたいですけど、私に会わずに帰りました」

たぶん、病院か警察が彼女らに遠慮するように言ったのだろう。

「他には？」

「誰も来ませんでした」

小早川はうなずいて言った。

「傷自体はたいしたことがなくても、襲撃されたショックがあるはずです。くれぐれもお大事に」

「ありがとうございます」

蘭子が言った。

「じゃあ、私たちはこれで失礼します」

「はい。わざわざ来てくださって感謝します」

二人が家を出て行くと、小早川は原田郁子に電話をした。

「あら、どうしたの？」

「先ほどはどうも……。今しがた、自宅に高樹晶と安達蘭子がやってきました」

「わざわざその報告？」

「あなたの耳に入れておいたほうがいいと思った」

「了解したわ」

「それから、一つ訊きたいことがある」

「なあに？」

「さっき、あなたは、三女祭にはタッチしていないと言ったな？ あくまでも学生たちのお祭だ、と……」

「ええ」

「あなたがタッチしていないというのは、大学がタッチしていないという意味だと思っていた」

「そう思ってもらって間違いはないと思う」

「だが、高樹さんが病院にいるときに、学務部の職員が会いに行って、ミスコン反対運動を自粛するように言ったということだ。それは、大学側が関与したということじゃないのか」

「学務部の職員が会いに行った？」

「知らなかったような口ぶりだな」

「知らなかったわ。少なくとも、そういう報告はなかった」

「学務部でミスコン反対運動のことが話題になっているということだったが……」

「たしかにそう言ったけど、深い意味があったわけじゃない。世間話みたいなものよ」

「職員が病院を訪ねて、自粛を求めるというのは、世間話というレベルではないと思う」

「学生が学内で襲撃されるというのは、大学にとってはこれ以上ないくらいの一大事なの」

「そうだろうな」

「大学職員は、過去に誰もそんなことを経験していない。だから大きな衝撃を受けた。私も含めて……」

慌てて高樹さんのところに飛んで行った者がいたとしても不思議はない」

「一九六〇年代なら、学内での暴力沙汰は珍しくなかった。だが、今大学にその当時を経験した職員などいないからな」


警察内部でも一九六〇年代の大学紛争の影響は少なくなかった。

小早川の若い頃、機動隊員として全学連のデモ隊や過激派と戦った先輩や上司が、自慢げに当時のことを話すのを、多少うんざりした思いで聞いていた。

彼らは、「あれは間違いなく戦争だった」と語った。そして、当時の機動隊員は「戦友だ」と言うのだった。

あの世代独特の感覚だ。そして、あの世代の人口は圧倒的に多いのだ。いわゆる団塊の世代だ。

当時は、そんな自慢話を迷惑な思いで聞いていたのだが、今思うと彼らは貴重な経験をしたのだと思う。生きるか死ぬかの実戦を経験したのだ。

小早川以降の世代にはそういう経験はない。今思うと、あの世代は気合いが違った。捜査員としても優秀な人が多かったように思う。

実戦には訓練では決して学べない何かがある。

「学務部がどういう対応を取ったのか、調べておくわ」

原田学長が言った。

「新米教授が口出しすることじゃないかもしれないが……」

「余計なことを言わないで、犯人を見つけてちょうだい」

「俺がそんなことをしていいんだろうか」

「あなた以外に誰がいるの。用件はそれだけ？」

「ああ。それだけだ」

「じゃあね」

電話が切れた。

小早川は、心の中でもう一度同じ言葉をつぶやいていた。

「俺がそんなことをしていいんだろうか」

夕食を済ませた。一人で食事することにすっかり慣れ、別に淋しいとも思わなくなっていた。

食事中にテレビを見ようが、新聞を読もうが文句を言う者はいない。気が楽だし、今ではすっかり手際もよくなっていた。

つまらないのでテレビを消し、読書でもしようと思っていると、インターホンのチャイムが鳴った。

「はい」

「目黒署の大滝ですが……」

またか、と思い、小早川は言った。

「何の用でしょう」

「お話をうかがう必要がありまして」

「令状はお持ちですか？」

「そういうことを言っていると、余計に面倒なことになりますよ。よくご存じでしょう」

「質問ならそこでしてください」

「いいんですか？　ご近所に聞かれることになりますよ」

「私はかまいません」

舌打ちする音が聞こえた。

「いいから、玄関のドアを開けてください」

「任意の聴取ですね。ならば、同意しません」

「協力してくださいよ、先生。それが、先生のためでもある」

どうして一般人が、強制捜査でもないのに聴取に応じるのか、ようやく理解できた気がした。

警察は決して諦めない。おそらく、大滝係長は小早川が顔を出すまでねばるだろう。

一般人は根負けしてしまうのだ。任意で同行や聴取を求められても、断ることができるということを知らない人も多いだろう。

いや、知っていたとしても断る度胸などないのが普通だ。警察に逆らえば何をされるかわからないという恐怖を感じるのだ。

これではヤクザの脅しと同じだと小早川は思う。いや、法律や権力を笠に着ているだけに、ヤクザよりもタチが悪い。

黙っていると、大滝係長は何度もチャイムを鳴らした。

小早川は溜め息をついて玄関に向かった。ドアを開けると、大滝係長と若い捜査員が立っていた。

大滝係長が言った。

「いろいろとうかがいたいことがあるので、署までご同行願えますか」

「話なら一昨日しました」

「高樹晶がここを訪ねてきたそうですね。あなたのゼミの学生といっしょに……。ええと、名前は安達蘭子でしたか……」

警察官は捜査能力を誇示して相手に圧力をかけることがある。小早川はそれを熟知しているので、彼が蘭子の名前を知っていても驚きはしなかった。

「訪ねてきましたが、それが何か?」

「まずいですね。被害者と話をされたりしたら……。示談を強要でもしたんじゃないかと、疑われることになる」

「そんなことはしていません」

「それを証明することができますか？」

「高樹さんや安達さんに訊けばいい」

大滝係長がかぶりを振った。

「残念ですが、お二人の証言は信憑性に欠けることになります」

「信憑性に欠けるとはどういうことです？」

「高樹さんはあなたに襲撃されて、心底恐怖を感じてる……。そういう恐れがあると言ったでしょう。呼びつけられたりしたら、恐怖にすくみ上がって言いなりになりかねない。だから、冷静な証言を得ることなどできないと、私は考えているのです」

「ばかな……。それはそっちの勝手な想像でしょう」

大滝係長は、小早川の言葉を無視するように続けた。

「安達さんは、先生のゼミ生だから、先生の言いなりのはずです。おそらく、先生の命令で高樹さんをここに連れてきたんでしょう」

「間違いを二つ指摘させてもらいます。まず第一に、ゼミの学生だから教授の言いなり、というのはまったくもって事実と異なります。そして、安達さんが高樹さんを無理やり連れてきたわけじゃありません。高樹さんのほうから、私に会いたいと言ってきたのです」

「それは興味深い話ですね。ぜひ、続きを署で聞かせてください」

「任意同行には応じません。話をするだけ無駄ですから」

「話を聞きたいと言っているのに、無駄ってのはどういうことです」

「私が何を言おうと、あなたは自分の考えに合わないことは聞き入れようとしない。だからそれは時間の無駄です」

「それは、私が言うことを認めるということですね？」

どうしてそういうことになるのか。あきれる思いで、小早川は言った。

「いいえ、そうではありません。私は絶対に罪を認めません。やっていないのですからね」

「そういう話は、署でうかがいますよ」

「もう話すことはありません」

「それは、こちらで判断します」

大滝係長が引き揚げるまで、玄関で何時間でも頑張ってやる。

小早川はそう心に決めていた。

「しょうがないですね」

大滝係長が言った。

「帰ってもらえますか？」

「では、あなたの代わりに安達蘭子を引っぱることにします」

「安達さんを……。どうしてそんな必要があるんです？」

「どういう必要があるか、あなたに説明する必要はありません。では、失礼します」

大滝係長と若い捜査員が去って行こうとする。

「待ってください」

小早川が言うと、大滝係長は立ち止まりゆっくりと振り向いた。

「何か……？」

「わかりました。署に同行しましょう」

大滝係長が勝ち誇ったように笑みを浮かべた。

「最初からそう言ってくだされば いいんです。手間を掛けさせないでください」

小早川は、出かける用意をして、戸締まりをした。助手席に無線やらタブレットやらサイレンアンプやらが装備されている捜査車両の後部座席に乗せられ、小早川は目黒署に向かった。

14

また取調室に連れて行かれた。

すっかり被疑者扱いだ。正面に大滝係長が座る。

小早川は、半ばあきれる思いで大滝係長を見返していた。

彼はいつもこういうやり方をするのだろうか。何度も任意同行で引っぱられると、メンタルに自信があっても神経が参ってしまうだろう。

そして、精神的に追い詰められて、やってもいないことを自白してしまうのだ。それがわかっているから、小早川は万が一にも自分が自白することはないと思った。

「何のために高樹晶を自宅に呼んだのです?」

大滝係長が質問した。記録席には先ほど大滝係長といっしょに小早川の自宅を訪ねてきた若い捜査員がいる。

小早川はこたえた。

「高樹さんが私に会いたいと言うので、それでは自宅に来てくれと言ったのです」

大滝係長は、薄笑いを浮かべて何度かかぶりを振った。

「本当のことを言ってくれないと困りますね」

「私は本当のことを言っています」

「示談に持ち込むために、高樹さんを説得しようとしたんでしょう」

「そんな話はしていません」

「では、高樹晶とどんな話をしたんですか?」

「彼女は、私が警察に疑われていることに驚いていました。彼女が私を犯人だとは思っていないことを、確認しました」

「そう証言するように強要したのでしょう」

「強要などしていません」

大滝係長は、しばらく無言の間を置いた。その間、じっと小早川を睨みつけている。

こういうことをされると、被尋問者は落ち着かない気持ちになるだろう。彼はそうした尋問のテクニックを充分に心得ているのだ。

やがて大滝係長が言った。

「いいですか。あなたは、被害者を自宅に呼びつけて直接話をした。襲撃をした犯人だという疑いをかけられているあなたが、です。誰が聞いたって、脅しをかけたと思うでしょう」

「誰が何と思おうと私の知ったことではありません。事実は私が言っているとおりなんです」

「あなたは」

大滝係長は突然声を荒らげた。「被害者の高樹晶を自宅に呼びつけ、自分を犯人と言わないように強要した。そうだろう」

大声で詰め寄られると、それだけで恐怖を覚えるものだ。だが、小早川は平気だった。大滝係長のテクニックは小早川には通用しない。

なぜなら、小早川も現役時代に同じようなことをやった経験があるからだ。

「それはあなたの勝手な想像に過ぎないと、何度言ったらわかるんです」

大滝係長はさらに大声になって言った。

「じゃなきゃあ、あんたは示談を迫ったんだ」

「そんなことはしていない」

「いいか。俺が扱う事案を示談なんかにはさせない。もし示談が成立したとしても、きっちり起訴させてやるからそのつもりでいろ」

小早川は溜め息をついた。

「あなたの言っていることはめちゃくちゃだ。もう一度、刑訴法や職務執行法を読み直したほうがいい」

「警察官面するんじゃねえよ。あんたはもう警察官じゃないんだ」

「先輩に対する態度もなっていない」

大滝係長は、背もたれに体を預けると、ふんと鼻で笑ってから言った。

「懸想している女子大生を自宅に呼びつけて、あわよくば自分のものにしようと考えたんじゃないのか？」

「下衆の勘ぐりというやつですね」

「おい、言葉に気をつけなよ」

「まともな捜査もせずに、こうして的外れな尋問をするような相手に、どう言葉を選べばいいと言うんですか」

「俺たちがまともな捜査をしてないと言うのか？」

「私はメディアソサエティーに話を聞くべきだと言ったはずです。でも、あなたは耳を貸そうとしなかった。それでまともな捜査をしていると言えますか」

「ふざけたことを言うなよ。俺たちがまだメディアソサエティーに話を聞いてないと思っているのか」

「ほう。話を聞いたのですね」

「そんなことを、あんたに知らせる義務はない」

「メディアソサエティーの中に、必ず怪しいやつがいるはずだ」

「残念だな。他人に罪をなすりつけようとしても無駄なんだよ」

前回よりも大滝係長の態度が強硬になっているように感じられた。あせっているのだろうか。

そして、前回よりも疑いを強めているような言い方だ。それはなぜだろう。

小早川がそんなことを考えていると、ドアをノックする音が聞こえた。若い捜査員が立ち上がり、ドアを開く。

戸口で何か話し合っている様子だ。

大滝係長が振り向いて、苛立たしげに言った。

「何だ？　今取り調べ中だぞ」

若い捜査員を押しのけるように、誰かが取調室に入ってきた。

特命捜査第三係の丸山だった。彼が言った。

「大滝係長。誰かの身柄を引っぱるなら、我々にも知らせてもらわないと……」

「引っ込んでてもらおうか。こいつは、俺の事案だ」

「我々も担当することになったんです。引っ込んでいるわけにはいきませんね」

「こいつは、被害者を家に引きずり込んだんだよ」

丸山は硬い表情で言った。

「この人をこいつ呼ばわりしないほうがいいですよ」

「被疑者なんだから、こいつでいいだろう」

丸山はきっぱりと言った。

「言葉に気をつけてください。小早川さんは被疑者ではありません」

「時間の問題だよ」

「話はまだ終わってないのですか？」

「被害者と自宅で何をしていたか。それを聞き出す必要があるんだよ」

丸山は小早川を見て言った。

「話していないのですか？」

小早川はこたえた。

「すでに何度も話したよ。大滝係長が信じようとしないだけだ」

丸山はうなずいて若い捜査員を見た。

「録取はしたのか？」

「は……。あ、ええ、記録しました」

「ではもう、用は済んだはずですね」

丸山の言葉に、大滝係長がこたえた。

「まだ俺の用は済んじゃいない」

「では、続けてください。私も同席します」

大滝係長は、しばらく丸山を睨みつけていた。それから勢いよく立ち上がり、吐き捨てるように言った。

「好きにしろ」

彼は丸山を突き飛ばすようにして、大股で取調室を出て行った。若い捜査員がその後を追った。

丸山が小早川に言った。

「すいません。大滝係長は、私たちが事件を取り上げたと感じているようで、ひどく機嫌が悪いんです」

　小早川はうなずいた。

「なるほど、そういうことか。それで、私への当たりもいっそうきつくなったというわけだ」

「そんな折に、小早川さんの自宅を被害者が訪ねたという知らせが入ったもので……」

「私が監視されていたということだな？」

「目黒署の署員が張り込んでいました」

　まったく気がつかなかった。

　現職のときなら気づいただろう。やはり退官すると緊張感がなくなるようだ。

「なるほどな……」

　丸山が言いづらそうに言った。

「あの……。今被害者と会われるのは、どう考えても得策じゃないように思うんですが……」

「済まない。保科にもそう言われていたんだが、向こうから会いたいと言って来たもので……。今後は接触しないようにする」

「それで、どんな話をしたんです？」

「彼女が私を犯人だと思っているかどうか、訊いてみた」

「それで……？」

「そんなことは思っていないし、警察にそう話したこともないそうだ」

「大滝係長は、普段自分らと接しているときは、気のいい同僚で、周囲の評判も悪くないんですが……」

「こうと決めたら梃子（てこ）でも動かないタイプだな。きっと味方についたら心強いと思う」

「敵に回すとやっかいだということです。初動捜査に駆けつけた地域課の菅井巡査部長を信頼しているようですね」

「先入観というのは怖いものだ」

「おっしゃるとおりです」

「大滝係長が、メディアソサエティーに話を聞いたと言っていたが、本当なんだろうか」

丸山が表情を曇らせた。

「ええ。本当のことです。ですが、どうやらメディアソサエティーのメンバーは、シロのようですね」

小早川が眉をひそめた。

「シロ……？　彼らには動機がありそうに思うがな……」

「あの時間帯に、三女を訪ねていたメディアソサエティーのメンバーはいないそうです。彼らを見かけたという証言もありません」

「人目につかずに潜入したということもあり得る」

「三女は女子大ですからね。男子学生が潜入していたら、どうしたって人目につくでしょう」

「メディアソサエティーのメンバーには女子学生もいるはずだ」

「それはそうなのですが……。どうやらそれほど強い動機も考えられないようなのです」

「なぜだ？　彼らは三女祭を主催しているんだろう？　ミス三女は三女祭の目玉だ。それが反対運動で潰されるわけにはいかないはずだ。若い連中のことだから、反対運動に対して感情的になる者もいたんじゃないのか？」

「話を聞いてみると、メディアソサエティーはあくまで主催者側のサポートということらしいです。かなりビジネスライクな関わりだということです。ですから、ミスコンが中止になったとしても、彼らとしてはそれほどの痛手はないのです」

小早川は考え込んだ。

「どうやら、私も先入観を持っていたようだな」

丸山は肩をすくめて言った。

「とにかく、いつでもお帰りになれますから……。自分が車でお送りしましょう」

「いや、電車で帰ることにする。普通、事情聴取をした相手をいちいち車で送ったりはしないだろう」

「小早川さんは特別です」

たしかに特別扱いだ。丸山はメディアソサエティーについて話したが、大滝係長がそれを知ったらただでは済まさないだろう。捜査情報を洩らしたということなのだ。

保科が小早川とゼミ生に捜査の協力を要請している。そうでなければ、丸山は処分されてもおかしくはない。

「中目黒駅まで歩きながらいろいろと考えてみたい」

「そうですか。そういうことでしたら……」

これ以上の長居は無用だ。そう思い、小早川は立ち上がった。


丸山に言ったとおり、目黒署を出て徒歩で中目黒駅に向かう。山手通りの歩道を歩きながら、小早川は考えていた。

メディアソサエティーが怪しいというのは、直感だった。

小早川は捜査員のときは、直感を大切にしていた。ある心理学者によると、人間は考える前にこたえを知っているのだという。それが直感だ。

難しいのは、それを証明することなのだ。

だが、警察の捜査によると、メディアソサエティーはシロの可能性が高いという。小早川の直感が外れたのだ。

おそらく、情報が足りないせいだろうと、小早川は思った。現職の頃は、直接見聞きしたこと以外に、他の捜査員からもたらされる情報がある。

そうした豊富な情報の上に直感があったのだ。

情報もなしに、なんとなく怪しいと思ったに過ぎない。それは直感とは言えない。思い込みだ。だとしたら、大滝係長と大差ないではないか。

自分なりに調べてみたかった。メディアソサエティーがシロならそれでいい。だが、調べた上でそれを納得したかった。

自宅に戻ると、すでに午後九時半を過ぎていた。

警察はこのように、事情聴取や取り調べと称して、長時間事件関係者を拘束することがある。現代人にとって時間は貴重なものだ。それを際限なく奪われる。

それ自体が暴力なのではないかと、小早川は今初めて感じていた。


水曜日はゼミの日で、その日も全員が出席した。

「自由が丘駅で起きた暴行傷害事件の控訴審を安達さんが傍聴してきたということです。結果を発表していただきましょう」

小早川に促されて、蘭子が言った。

「高等裁判所での控訴審では、一審の判決を破棄、無罪の判決が下されました。検察は上告せず、無罪確定です」

小早川は言った。

「すでに判決が出た事例なので、継続捜査事案を扱うこのゼミで取り上げるのはどうかと、安達さんは気にされているようでしたが、私は研究するに値する事案だと思いました」

梓が言った。

「判決のことを新聞で読みました。議論の焦点は正当防衛だったそうですね」

蘭子がこたえる。

「そう。一審では被害者の主張を重視して、有罪判決となった……。でも、被告人は自分の身を守っただけだと主張したの。そして、被害者が頭部と顔面に怪我を負った経緯を詳しく検証することになった。その結果、被告人が一方的に危害を加えたというわけではないという主張が認められた、というわけ」

小早川は言った。

「詳しい事件の経緯を説明してもらえますか」

もちろん、小早川も事件のあらましを調べていた。だが、学生にそれを発表させる必要があったし、確認の意味もあった。

蘭子が説明を始めた。

「事件が起きたのは、約三ヵ月前、七月五日金曜日の午後十一時三十分頃のことです。自由が丘駅構内で、二人の男性が揉み合いになり、一方が転倒して頭部と顔面を打ち、全治二ヵ月の怪我を負いました」

その内容は、小早川が知っていることと一致している。

蘭子の説明がさらに続く。

「被害者は、暴力を振るわれたと駅員に訴え、被告人はその場で身柄を拘束されました。被害者は、北上政男、四十五歳。建材メーカー勤務。被告人は、小松原幸太(こまつばらこうた)、二十八歳。無職でアルバイトをしていました」

蘭子の説明に一区切りつくと、麻由美が尋ねた。

「中年のサラリーマンと、無職の若者……。世間の人たちも、小松原が悪いと思っちゃうわよね」

梓が言う。

「この事案では、その点が問題なんだと思う。つまり、根拠のない印象の問題よね。まさか、それが裁判に影響するとは思えないけど……」

蘭子がこたえる。

「影響がないとは言い切れない」

麻由美が聞き返す。

「どういうこと?」

「駆けつけた警察官はまず、駅員から事情を聞いた。駅員は頭と顔から血を流している被害者、北上政男の訴えをそのまま受け容れてしまい、それを警察に伝えたわけ。それが検察の起訴に結びつく……」

麻由美が言う。

「いやあ、それ、誰が聞いてもアウトだわ」

「あのお……」

蓮がおずおずと発言する。「私もちょっと調べてみたんですけど……」

小早川は蓮に言う。

「どうぞ、自由に発言してください」

「ええと……。被告人だった小松原幸太さんは、柔道の黒帯だったんですね。大学時代に柔道部にいたとか……。それが一審の判決に影響した可能性も……」

蘭子がうなずいた。

「それもあるかもしれない。無職の若者。そして、武道の黒帯。そういうことが影響して一審では有罪判決が出たのだと思う」

小早川は、無口な楓に尋ねた。

「西野さんは大東流合気柔術と直心影流薙刀術の有段者ですね。どう思いますか?」

楓は、おもむろにこたえた。

「有段者が危険だという考え方は逆だと思います」

「逆というのは……?」

「武道の有段者は、技をコントロールできます。むしろ未経験者のほうが、喧嘩などでは制御がきかなくなり、相手に怪我をさせる危険性が高いように思います」

「なるほど……」

楓ならではの見識だと、小早川は思った。

「でも……」

麻由美が言う。「一般にはそう思われていないわよね。空手の黒帯だと、人を殴ったときに罪が重くなるなんて話、マジで信じている人が多いよ」

蘭子が言う。

「そう。空手の有段者やプロボクサーだからといって罪が重くなるわけじゃない。どんな人でも他人を殴ったり怪我をさせたら暴行罪や傷害罪になる。量刑は被害者の怪我の度合いによるんだから、黒帯やプロボクサーのライセンスは関係ない」

小早川は言った。

「安達さんの言うとおりです。裁判官はそれをよく心得ているでしょう。しかし、検察は利用できるものなら何でも利用します。柔道の黒帯であることが有罪になる何らかの要素となったことは考えられますね」

　事件の経緯をくわしく検討しているうちに時間となった。その日も、三宿交差点近くにあるメキシカンレストランで食事をすることになった。

　いつもの席につき、乾杯すると小早川はゼミ生たちに言った。

「メディアソサエティーを詳しく調べてみたいと思っているのですが……」

　梓が質問する。

「メディアソサエティーの何を調べるのですか？」

「高樹さんの事件について、彼らに動機があるように思えるのですが、どうやら警察はそう思っていないようです」

「警察が調べたのですね？」

「学生同士なら独自の情報が得られるかもしれないと思いまして……」

「それなら簡単よ」

　麻由美が言った。

「簡単？」

「そう。合コンを持ちかければいい」

　麻由美らしいアイディアだ。なかなか名案かもしれないと、小早川は思った。

15

「合コンなんて、誰が先方と話をつけるの？」

　梓が眉をひそめて言う。麻由美が平然とこたえる。

「私がやるわよ」

　蘭子が驚いたように言った。

「麻由美、メディアソサエティーに知り合いなんかいるの？」

「今はいない。でも、何とでもなるわよ。伝手（つて）を探せばいいだけでしょう？」

　彼女ならたしかに、どうにかできそうな気がする、と小早川は思った。

　麻由美が続けて言った。

「問題はそんなことじゃない。彼らに何を訊きたいか、でしょう。ねえ、先生」

　話を振られて、小早川は言った。

「そう。いろいろと訊きたいことはありますね」

　梓が小早川に尋ねる。

「例えば、どういうことですか？」

「まず、彼らが三女祭におけるミスコンを、どう考えていたか」

　それを受けて、蘭子が言う。

「そして、ミスコン反対運動についてどう考えていたか……」

　小早川はうなずいた。

「そうですね。その点が重要です。そして、高樹さんが襲撃されて、反対運動が事実上消滅したことについて、どう思っているか……」

　麻由美が小さく肩をすくめる。

「わかった。みんなもちゃんと理解したわね？」

「あのう……」

　蓮が発言する。「私も参加するの？」

　麻由美がこたえる。

「当たり前よ。頭数をそろえなきゃ」

「あ、あの……。頭数と言っても、別に五人そろう必要はないでしょう」

「どういうこと？」

「え……と。その……、四人でも三人でもいいわけでしょう？　向こうと人数が合いさえすれば……」

「こういうことはね、全員一致で全員参加」

「私は……」

「いいから来るの。あんたもよ、楓」

楓は何も言わない。

おそらく彼女は「どうでもいい」と思っているのではないだろうか。

麻由美が言った。

「段取りがつき次第、連絡する。じゃあ、この件はおしまい」

梓が話題を変えた。

「先生。その後、警察はどうなんですか？」

「けっこうしつこいですね。実は、先週の金曜日も、目黒署に引っぱって行かれました」

「え……」

蘭子が目を丸くする。「先週の金曜日って、私たちがお邪魔した日ですか？」

「そう。監視していた捜査員に、君たちがやってきたところを見られたようです」

梓が蘭子に尋ねる。

「先生のご自宅を訪ねたってこと？」

「そう。高樹さんが、ぜひ先生に会いたいと言うもんだから……」

「ばっかねえ」

麻由美が言う。「それじゃ、刑事の思う壺じゃない」

小早川は言った。

「たしかに、瀬戸さんの言うとおりかもしれません。しかし、私は高樹さんに会ってよかったと思っています。彼女は私を疑っている刑事がいるという話を聞いて、心底驚いている様子でした。つまり、彼女は私を犯人だとは思っていなかったということです」

　蘭子が言った。

「そんなことを思っているのは、あの目黒署の刑事だけじゃないですか」

　梓が小早川に尋ねる。

「私たちがメディアソサエティーから話を聞くことが、先生の疑いを晴らすことに役立つでしょうか？」

「もちろん役立つでしょう。真犯人に近づく手がかりが見つかるかもしれませんから」

　梓が無言でうなずいた。

「もう一つあると思います」

　突然、楓が発言した。

　小早川は尋ねた。

「もう一つある？　どういうことです？」

「メディアソサエティーに質問すべきことが……」

「ほう。何でしょう？」

「谷原沙也香をどう思っていたか……」

「谷原？」

　麻由美が楓に尋ねる。「メディアソサエティーは谷原を推していたのよね？」

「谷原沙也香は、ミス三女の最有力候補……」

「それはみんな知っているわよ。だから、何なの？」

　その質問には小早川がこたえることにした。

「犯人の動機に関することですね」

　麻由美が聞き返す。

「犯人の動機？」

「つまり、こういうことです。谷原さんにミス三女のタイトルを取らせたいと、切実に思っている誰かがいたら、ミスコンそのものを中止に追い込みかねない高樹さんを黙らせようと考えるかもしれない、と……」

　麻由美が眉をひそめる。

「谷原沙也香にミス三女のタイトルを取らせたいと、切実に思っている誰か……？　それがメディアソサエティーの中にいる、と……？」

「いるかどうかはわかりません。だから、それを確認したいと、西野さんは言っているわけですね？」

楓は無言でうなずいた。

「わかった」

麻由美が言った。「それも確認しておきましょう」

小早川は時計を見ながら言った。

「さて、お開きの前にもう一つ話しておかなければならないことがあります」

一同が注目した。小早川は言葉を続けた。

「ゼミで取り上げる事案ですが、容疑をかけられた人や捜査にたずさわった人に話を聞いてみたいと思いませんか？」

蘭子がこたえた。

「できれば、それが一番ですね」

「そのための警察ＯＢです。当たってみましょう」

それからしばらくしてお開きとなり、小早川は帰宅した。


自宅の近くまで戻ってきて、尾行や張り込みがいないか周囲を確認した。今日は監視されていないようだ。

帰宅したのは、午後十時頃だった。リビングルームのソファに腰を下ろすと、小早川は携帯電話を取り出し、警視庁特命捜査係の保科係長にかけた。

「はい、保科です」

「夜分にすまんね」

「いや、まだまだ宵の口ですよ。何かありましたか？」

「先日は丸山に助けられたよ」

「ああ、話は聞きました。目黒署の大滝係長にも困ったもんですね」

「それだけ熱心だということだ。しかし、腹が立たないわけではない」

「そうでしょうね」

「勘違いしないでほしい。大滝の態度が腹立たしいと言っているわけじゃない。無能な警察官が係長でいることが腹立たしいと言ってるんだ」

「わかりますよ。しかし、もともと彼の事案ですから、奪い取るわけにもいきません」

「もちろん、そうだ。それはわかっている。だが、そろそろ私の言うことを理解してもらわないと、こちらの忍耐にも限界がある」

「小早川さんを怒らせるなんて、よっぽどですね」

「最大の問題は、尋問をしておいて人の言うことにまったく耳を貸そうとしないことだ。自分が描いた絵しか信じていない」

「こっちからの人員を増やしましょうか？　せめてあと二人くらい」

「いや、その必要はないだろう。いくら何でもそろそろ事実に眼を向けそうなものだ」

「はあ……」

「電話したのは、そのことじゃない」

「何でしょう？」

「先週の金曜日に、控訴審判決が出た暴行傷害事件がある」

「先週の金曜日というと、十八日ですね。暴行傷害事件ですか？」

「自由が丘の駅構内で起きた事件だが……」

「ああ、思い出しました。マスコミが大喜びでしたね。我々にとっては、あまりありがたくない事件の扱いでしたね。控訴審で逆転無罪。そのまま判決が確定ですから……。つまり、冤罪ということになってしまったわけです」

「その被告人だった人物に、直接話が聞けないものだろうか」

「そうですね……。判決が確定したので、すでに警察や検察の手を離れていますから……」

「そうだな……。かえって警察からは声をかけにくいか……」

「担当した弁護士なら知っています」

「教えてくれ。私が連絡を取ってみよう」

保科が教えてくれた弁護士の名前と電話番号をメ

モした。それから、小早川は尋ねた。

「事件を担当した警察官のほうはどうだろう。たぶん、碑文谷署の捜査員だな」

「そちらはなんとかなるでしょう。ゼミ生のみなさんが話を聞く、ということですか？」

　小早川はふと考え込んだ。

「事前に、私一人で会ってみたい。それから、ゼミ生たち全員で話を聞くべきか考えてみたい」

「わかりました。碑文谷署の伝手を頼って打診してみましょう。ですが……」

　保科は言いづらそうに、言葉を切った。小早川は言った。

「わかっている。私は被疑者扱いされているので、私の期待どおりになるかどうかわからないと言いたいんだろう」

「もちろん私は、小早川さんが被疑者だなんて思っていません。しかし、目黒署の大滝をあまり刺激しても……」

「そうだな。また丸山に苦労をかけることになる」

　丸山だけではない。目黒署の安斎だって、板挟みで辛い思いをしているに違いない。

　保科の申し訳なさそうな声が聞こえてくる。

「はい。じきに結論が出ると思いますので……」

「様子を見ながら行動することにするよ。しかし、仕事を制限されるのは困る」

「わかります。もう少しの辛抱です」

「そうだな。とにかく、碑文谷署の件は頼む」

「了解しました」

　小早川は電話を切ると、すぐに弁護士にかけてみた。武原一輝という名だ。固定電話の番号で、おそらく事務所の番号だろうが、夜間は転送されるだろうと、小早川は思った。

　弁護士の仕事はいつ発生するかわからない。

　思ったとおり、電話が転送された。転送先は携帯電話だろう。

「はい、弁護士の武原ですが……」

「初めてお電話します。私は、三宿女子大の教授で、小早川と申します」

「小早川教授。どんなご用件でしょう？」

「夜分に恐れ入ります。私は、主に刑法犯について研究をしておりまして、ゼミでは継続捜査などを扱っています」

「それで……？」

「実は、そのゼミで、先週の金曜日に控訴審判決が出た事案を取り上げようということになりまして……」

「自由が丘駅の件ですね」

「そうです。あなたが弁護を担当されたと聞きました」

「私一人ではありません。難しい裁判だったので、何人かで弁護団を作って対処しました」

「事件の弁護をされたことに間違いはないのですね？」

「ええ……。それは、間違いありません」

「裁判で被告人となった方に、ゼミでお話をうかがえないかと思い、お電話した次第です」

一瞬、無言の間があった。驚いたのかもしれない。大学のゼミで話を聞きたい、などという申し出は、想定外だったのだろう。

小早川は、できるだけ強制的に聞こえないように気をつけながら、さらに言った。

「いかがでしょう？　学生たちの質問にこたえていただけないでしょうか」

「すでに裁判は終わり、無罪の判決が出て、私の依頼人はただの一般人に戻りました。ですから、そういうインタビューを受ける理由はありません」

「私たちは、冤罪について調べようとしています。今回も結果的には冤罪ということになったわけですね」

再び、沈黙の間がある。今度は、慎重に考えているのだろう。弁護士なのだから、冤罪という言葉に無関心ではいられないはずだ。

しばらくして、武原弁護士が言った。

「冤罪について調べておられる……。三宿女子大に、そんなゼミがあるのですね……」

「はい。私のゼミです。もっともゼミ生は五人しかいませんが……」

「五人……。その人たちの質問を受ける、ということですか？」

「そうです」

「すいません。何か講演会のようなものを想像していたので、それは無理だろうと思っていました」

「ゼミ生が五人、それに私の、総勢六人です。場所も自由に選んでいただいてかまいません」

「三宿女子大とおっしゃいましたか？」

「はい、そうです」

「……ということは、ゼミ生も女子大生ということですか？」

そんなことは重要ではないと言う者もいるだろう。だが、たいていの男にとって、それは（非公式に、だが）重要なことなのだ。

ましてや、被告人となったのは、バイトで生計を立てている若い男性だったはずだ。

「もちろん、そうです」

小早川がこたえると、武原弁護士が言った。「依頼人に意向を訊いてみましょう。折り返しお電話するということでよろしいですか？」

「けっこうです」

小早川は、電話番号を告げた。

「では、なるべく早くお返事をさしあげます」

「お願いします」

電話が切れた。

ダメモトだと、小早川は思った。無罪判決が出たとはいえ、元被告人は神経質になっている恐れもある。

マスコミは、判決が出る前から犯罪者扱いする。彼らにとって、逮捕された段階からもう犯罪者なのだ。節度も何もあったものではない。

だから、彼が小早川の申し出を了承するかどうかはわからない。

時計を見ると、十時四十五分だった。

三宿で飲んだ酒がすっかり醒めていた。小早川は、リビングルームのサイドボードからウイスキーを取りだし、グラスに注いだ。ミネラルウォーターをウイスキーと同量注ぐ。

ただ水で倍に割っただけだが、これにはトワイスアップという立派な名前がついている。ウイスキーの香りを一番よく楽しめる飲み方とされている。

実際、ウイスキーのブレンダーが配合をするときにも、原酒を水で倍に薄める。そうすることで、より香りが立ち、原酒の個性がよくわかるのだという。

ちなみに、ウイスキーの原酒と麦芽や穀類から作ったグレンウイスキーを合わせるのがブレンド。原酒同士を合わせるのはヴァッティングと言うそうだ。

ソファに腰を下ろして、ウイスキーのトワイスアップを味わいながら、夕刊に眼を通していた。

十一時十五分頃、携帯電話が振動した。武原弁護士からだった。

「はい、小早川です」

「ああ、先ほどはどうも……」

何か確認したいことでもあったのかと思い、小早川は尋ねた。

「どうかされましたか?」

「本人は乗り気です」

「は……?」

「依頼人です。電話をしたところ、ぜひいろいろとお話ししたいということでした」

「驚きましたね。もう連絡を取られたのですか?」

「ぐずぐずしていても仕方がありません」

武原は声からするとまだ若い弁護士のようだ。若いがやり手のようだと、小早川は思った。

「それはありがたい」

「日時と場所を決めなければなりません」

「そちらのご希望は？」

「小早川教授のほうからご提示ください。それを、依頼人に諮ります」

「こちらとしては、次のゼミにいらしてくださると助かるのですが……」

「次のゼミはいつです？」

「十月三十日水曜日です。時間は午後三時。場所は、大学の私の研究室です」

「了解しました。依頼人に尋ねてみます」

「お願いします」

「一つ、条件があります」

「何でしょう？」

「マスコミの立ち会いは、一切NGです」

「了解しました。さきほども申しましたように、私とゼミ生五人だけでお会いすることにします」

「けっこう」

「元被告人のお名前は、小松原さんでしたね？」

「はい。小松原幸太です。では、折り返し連絡させていただきます」

「待ってます」

電話を切って約五分後にまたかかってきた。

武原弁護士だ。

「確認が取れました。十月三十日水曜日の午後三時に、小早川教授の研究室をお訪ねします」

「ありがとうございます。学生たちも喜びます」

電話が切れた。

小早川は、トワイスアップをもう一杯飲むことにした。

16

　翌日の木曜日、授業は午後二時四十五分からの『刑事政策概論』だけだが、小早川は午前中から研究室にいた。

　小松原幸太の話が聞けることを、ゼミ生たちに知らせたかった。

　そこで小早川は、梓に電話してみることにした。

　呼び出し音七回で出た。

「先生、どうなさいました」

「小松原幸太さんが、ゼミに来てくれることになりました」

「小松原って……、ああ、あの自由が丘の事件の……」

「そうです。ゼミ生のみんなに知らせていただけますか」

「わかりました」

「ゼミ生以外の学生には口外しないほうがいいと思います」

「どうしてです？　無罪判決が出たから、何をしようが自由でしょう？」

「そのとおりですが、それでもマスコミが気になります」

「わかりました。ゼミ生だけに知らせます」

「十月三十日のゼミに来てくれることになっています。それまで、各自質問をまとめておくようにと伝えてください」

「はい。みんなに伝えます」

　小早川は電話を切った。

　携帯電話を机の上に置き、しばらくぼんやりと考え事をしていた。

　高樹晶を襲撃したのは、いったい誰だろう。動機はミスコン絡みに間違いないと思う。犯人は、どうしてもミスコンを中止にしたくなかったのだ。

　だとしたら、ミスコンの最有力候補と言われている谷原沙也香の周囲に、犯人がいそうな気がした。

もう一度、竹芝教授と話をしたい。小早川がそんなことを思っていると、机の上の携帯電話が振動した。

保科からだった。

「どうだね？」

「ああ、小早川さん。碑文谷署の件ですが……」

「先方は、会ってもいいと言ってますよ」

「強行犯係の刑事だね？」

「そうです。灰田という巡査長です。灰田公伸」

「いつ会いに行けばいい？」

「いつでもかまわないということでしたが……」

「わかった。連絡を取ってみる。助かったよ。礼を言う」

「いえ……」

それから、保科は声を落として言った。「どうやら、大滝係長はなんとか小早川さんの身柄を押さえようとしているようです。小早川さんの現職時代の記録なんかも、片っ端から当たっている様子で……」

小早川は溜め息をついた。

「そんな無駄なことをしている暇があったら、本当の犯人を捜せばいいのに……」

「丸山たちが頑張ってます」

「期待しているよ」

「では……」

電話が切れた。

小早川は、碑文谷署に電話をして、強行犯係の灰田を呼び出してもらった。幸い、彼はまだ署内にいた。

「はい、強行犯係灰田」

「私は小早川と申しますが……」

「ああ、OBの方ですね。特命班の保科さんからお話をうかがっています」

「自由が丘の件は不本意な結果に終わったようですね」

「いやあ、不本意というか……。検事も判事も最近は弱腰で……」

「お会いしてお話をうかがいたいのですが……」

「自分はいつでもいいですよ」

「では、さっそくですが、今日の夕方はいかがですか？」

「いいですよ。事件さえ起きなければね」

「では、午後五時半にうかがいます」

「あ、こちらまでご足労いただけるのですか」

「ええ、こちらから言いだしたことですので……」

「信じられない。本当にＯＢですか。では、お待ち申し上げていますよ」

小早川は電話を切った。


『刑事政策概論』の講義を終え、急いで研究室に戻り、すぐに碑文谷署に向かった。署の玄関に到着したのは、約束の五分前だった。

受付で来意を告げると、強行犯係に行けと言われた。目黒署に任意同行したばかりなので、少しばかり緊張した。

灰田公伸巡査長は、おそらく三十代半ばだ。警察官としては充分に経験を積んでいるだろうが、刑事としてはまだまだ駆けだしだろう。そういう年齢だ。

「初めまして、小早川といいます」

「灰田です。よろしく。こちらへどうぞ」

パーテーションの陰に小さな応接セットがあった。二人はテーブルを挟んで、向かい合って座った。

小早川は言った。

「さっそくですが、小松原幸太の件について聞かせてください。傷害事件として送検した経緯は？」

「駅から通報がありました。地域係とともに、自由が丘駅に駆けつけましたよ。すると、一人が後頭部から血を流しているんです。タオルで傷を押さえていたんですが、そのタオルが赤く染まっていましてね……。ああ、こりゃやっちまったなって思いました」

「やっちまったな……？」

「酒に酔っていたようでしたから、また喧嘩だろうって……。最近多いんですよ。駅構内や電車内での喧嘩が……」

「そうらしいですね」

「それで、事情を聞いたわけです」

「本人たちから直接？」

「最初は駅員からでした。駆けつけたときには、すでに北上政男が頭から血を流してうずくまっていたそうです」

「そのとき、小松原幸太はどうしていたんです？」

「駅員によると、立ったまま北上政男を見下ろしていた、と……」

「駅員からの話を聞くと、小松原幸太が北上政男に暴力を振るっていたように見えますね」

「北上政男は、立派な建材メーカーの営業課長です。一方、小松原幸太は定職を持たずに、バイトでその日暮らしです。誰だって小松原のほうが手を出したと思うでしょう。あいつ、柔道の黒帯だって言うし……」

「武道の有段者はかえって自制するものだと言う者もいますが……」

「腕に覚えがあれば、つい手を出すもんです」

「しかし、裁判の結果は無罪だったんですよね」

灰田は腹立たしそうに肩をすくめた。

「一審は有罪だったんです」

「どうして判決が覆ったんでしょう」

「弁護士が頑張ったんですよ」

「弁護士次第では、小松原幸太は有罪のままだったということですか？」

「そうだったと思いますね」

「あなたは小松原幸太が有罪だったと思いますか？」

「当然、そう考えていますよ」

「検察が上告しなかったことが不満ですか？」

「次は最高裁ですよ。原則、法律審だ。そんな大げさな事案じゃないですからね」

法律審とはつまり、憲法違反や法律解釈の誤りがないかを中心に審理するということだ。

「二人から直接話を聞きましたね？」

「もちろんです」

「それぞれ、別個に？」

「はい。それが原則ですから……」

「その結果、あなたは小松原幸太の傷害罪で間違いないと判断したわけですね」

灰田は顔をしかめた。

「なんだか、監察を受けているような気がしますね」

「そんなつもりはありません。ゼミで取り上げるために、事実を知りたいだけです」

「質問にこたえますと、自分は小松原の傷害で間違いないと思いましたね。北上は一貫して自分は被害者だと主張していましたし、年齢や社会的な立場、体力面などを考えて、北上の主張に間違いはないと思いました」

「小松原は犯行を否定していたということですが……」

「早く認めてほしかったですよ。そうすれば余計な手間がかからずに済みました」

今目の前にいるのは、疲れ果てた刑事だ。

ひとたび殺人でも起きれば、彼らは文字通り不眠不休の捜査を強いられる。おそらく、灰田にしてみれば、駅でのいざこざなどたいしたことではないだろう。

さっさと片づけて、帰って寝たい。

そう考えたとしても、彼を責められない。

本当は無視するか地域課に任せたいが、通報があり、被害者が訴えを起こしているとなると放ってはおけない。

関係者から事情を聞くことになるが、正直、さっさと送検して終わりにしたいと、灰田は思っていたはずだ。

　小早川は言った。

「実は今、目黒署の強行犯係長に、ある疑いをかけられていましてね……」

　灰田は怪訝そうな顔になった。

「目黒署の強行犯係長？　大滝さんですか？」

「そうです」

「疑いをかけられているって……、あなたがですか？」

「大学構内で傷害事件がありました。幸い被害は軽傷で済みましたが、その被害者は私の研究室を出てすぐに事件にあったのです」

「それだけで嫌疑をかけるのは無理があると思いますが……」

「駆けつけた地域課の巡査部長とちょっとしたやり取りがあり、そのとき、彼は私に反感を抱いたらしい。彼の報告を受けた大滝係長が、その瞬間に絵を描いたということです」

「あの……」

　灰田は戸惑ったように言った。「それが何か……」

「あなたは駅員から話を聞いたとき、先入観を抱いてしまったのですね。大滝係長が地域課の巡査部長から報告を受けたときのように……」

　灰田は、少しばかりむっとした顔になって言った。

「駅員は現場を見ていたと思いましたからね。彼らの言うことを信じるのも当然でしょう」

「そして、北上は自分を被害者だと言いつづけた。実際に怪我をしていたので、誰もそれを疑わなかった……」

「疑う理由はないと、あのときは思いました」

「勘違いしないでください。私は、誰もあなたを責められないと思っているのです」

「しかし、結果は無罪判決でした。自分はえらい失態をやらかしたことになってしまいました」

灰田の表情は、小早川がここにやってきたときよりも、ずっと疲れて見えた。

どんなに疲れていても事件は起きる。そして、寝る時間を削って捜査をすることになる。被害者と加害者という体裁が整っており、特に問題となるような目撃情報がなければすみやかに送検する。逆にぐずぐずしているほうが上から叱られることになる。

誰も灰田を責めることはできない。小早川はもう一度、心の中でそう言っていた。

そして、考えた。もし、自分が疑われる当事者でなければ、大滝係長についても同様に考えたかもしれない。

「私のゼミには五人の学生がいます。もしよろしければ、彼女らのインタビューを受けてもらえませんか？」

「インタビュー……？」

「マスコミのインタビューとは違います。学術的な質疑応答です」

灰田は困惑の表情を浮かべた。

「今回の事件に、どんな学術的な意味があるというんです？」

「包み隠さずに言います。私たちは現在、冤罪をテーマとして演習をしているところです」

灰田は、無言で唇を噛んだ。

断られるかな……。小早川がそう思ったとき、灰田がこたえた。

「少し、考える時間をください」

小早川はうなずいた。

「もちろんです。名刺を渡しておきます。気持ちが決まったら、連絡をください」

名刺には、大学研究室の電話番号と、小早川の携帯電話の番号が記されていた。

灰田は名刺を受け取り、無言で見つめていた。

「では、これで失礼します」

小早川はそう言って立ち上がった。それでも灰田は座ったまま、まだ小早川の名刺を見つめていた。

翌日の金曜日は、午前十時四十五分から二年生対象の『捜査とマスコミ』の授業があった。授業時間は十二時十五分までだが、十二時五分には講義を終えた。

特に昼時は、早く授業を終えればそれだけ学生が喜ぶ。学生に媚（こび）を売るわけではないが、わざわざ嫌われるようなことをする必要もない。それに、昼時は小早川自身、早く授業を終えたい。

研究室に戻り、学食がすく時間を待っていると、ノックの音が聞こえた。

「はい」

「失礼します」

ドアが開いて入室してきたのは、ゼミ生たちだった。

「どうしました？」

小早川が尋ねると、麻由美がこたえた。

「今日、メディアソサエティーのメンバーと合コンをやります」

小早川は驚いて言った。

「え、合コンをやろうという話をしたのは一昨日じゃないですか……」

「こういうことは、即断即決なんです。店は向こうに任せました。メディアソサエティーのメンバーなら、きっと適当な店を知ってます」

小早川は感心して言った。

「展開が早くてけっこうです」

梓が言う。

「なんとか、真犯人の手がかりをつかみたいと思います」

小早川は言った。

「警察は、メディアソサエティーをシロだと考えているようです」

麻由美が言う。

「警察に探れないようなことを、私たちなら探り出せるかもしれない……。先生はそう考えたわけですよね」

「そうですね。そういう期待をしています」

「とにかく、話を聞いてみます」

小早川はうなずいてから、昨日灰田と会ったことを話した。

話を聞き終えると、蘭子が言った。

「先生は、その担当刑事が正しかったのだとお考えですか?」

「結果的には、逮捕・送検は間違っていたということになりました。しかし、当時の状況を聞くと、無理もなかったという気がします」

「被告人は無罪でした」

「裁判がちゃんと機能したということです」

「無罪の人間を逮捕し、厳しく取り調べ、さらに起訴をしました。その精神的な苦痛は大きかったと思います」

「そうですね。私はまだ逮捕も起訴もされていませんが、精神的な苦痛という点は理解できる立場にあると思います」

蘭子は一瞬無言になった。小早川が大滝係長から不当な扱いを受けていることを思い出したのだろう。だが、彼女は気を取り直したように言った。

「先生は警察官だったので、どうしても警察寄りの考え方になるのではないですか?」

「もしかしたら、そうなのかもしれません。しかし、逆に世の中が反警察的な見方をしているのかもしれません。いずれにしろ、完全に中立という立場はあり得ないのではないかと、私は思っています」

梓が言った。

「元被告人の人から話を聞くのですから、それを検挙した人からも話を聞くべきだと、私は思います」

小早川は、ちょっと救われたような気分で言った。

「私もそう思います。担当の灰田巡査長が、私たちのインタビューに応じてくれることを期待しましょう」

麻由美が言った。

「……そういうわけで、今日これから合コンに行ってきます」

小早川がうなずいたとき、再びドアをノックする音が聞こえた。

「はい、どうぞ」

ドアが開いて、小早川はうんざりとした気分になった。

大滝係長が部下を連れて部屋に入ってきた。

小早川は言った。

「またですか……」

大滝係長が言った。

「何度でも来ますよ。本当のことを話してもらうまではね」

「私は本当のことを言っています」

「何のために碑文谷署を訪ねたんです？」

そこを突いてきたか……。

「ああ……。ゼミで取り上げる事案について、担当者に話を聞くためです」

「何か工作をするためじゃないんですか」

ここまで来ると邪推としか言いようがない。小早川はそんなことを思いながら、学生たちに言った。

「あなたがたはもう行ってください」

すると蘭子が言った。

「まだ時間があります。ここで警察とのやり取りを拝見していることにします」

大滝係長が蘭子を睨んで言った。

「いいから、さっさとここから出て行くんだ」

小早川は大滝に言った。

「私の教え子に乱暴な口をきくなと、何度言ったらわかるんです」

大滝が小早川を見据えた。

小早川は負けじと睨み返していた。

17

「そういうことが言える立場じゃないんだと、そっちこそ、何度言ったらわかるんです？」

大滝係長が、皮肉な笑みを浮かべて言った。あくまでも自分は優位な立場にいるという自信が感じられる。

しかし、それは同時に、自分が支配する側にいるという傲慢さを感じさせる。

小早川は言った。

「私が碑文谷署を訪ねたことを気にしているようですが、いったい何が問題なんです？」

「何をしに行ったのかが知りたいんですよ」

「その質問にはもうこたえました」

「俺はね、本当の話を聞きたいんですよ。警察官を煙に巻こうとするやつが、俺は一番嫌いなんです」

「自分が書いた筋書きに合う証言しか聞こうとしないあなたに、何を言っても無駄じゃないですか」

「勝手に筋書きを書いたわけじゃないんですよ。捜査のプロが調べた事実を組み合わせて考え抜いた結果です。つまりですね、刑事の筋読みは事実の積み重ねなんです」

「自分たちに都合のいい事実だけを取り上げ、都合の悪い事実は無視する。それで作った筋書きは真実とは遠いものになります」

「利いたふうな口をきくなよ」

腹を立てたのだろう、大滝係長の口調が変わった。「あんただって、脛にいくつも傷があるんじゃないのか」

「私の過去を調べているということですね。何か違法なことでも見つかりましたか？」

大滝係長はその問いにはこたえなかった。脅しに使えるようなネタはなかったということだろう。

「そんなことを、誰から聞いたんだ？　そうやって昔のコネを使って、こそこそとこちらの動きを探っているんだろう」

「別にこそこそしているつもりはありません」

「碑文谷署に行ったのも、こちらの動きを探るためだろう。あるいは、誰かを通じて俺たちに圧力をかけるとか……。だが、そんなことはさせない」

何を言っても無駄。

その思いが強い。おそらく、無実の罪で逮捕された人たちは、同様の思いを抱くに違いない。

本当のことを言っても聞き入れてもらえない。刑事は針の先ほどの事実を元に犯罪を立証しようとする。

弁護士は量刑の交渉しかしようとしない。はなから無罪判決をあきらめているのだ。

そんな状況で絶望するなと言われても無理だろう。だから、無実でいながら自白する人が後を絶たないのだ。

疑われる立場になってみなければわからなかったことだ。


「こんな嫌がらせをして、先生の無実が証明されたらどうするつもりなのかしら？」

そう言ったのは、麻由美だった。非難するというより、思わず独り言を言ったという口調だった。

大滝係長が学生たちのほうを向いて言った。

「今何か言ったのは誰だ？」

麻由美があっさりと言う。

「私だけど？」

「ブタ箱がどういうところか、経験してみるか？」

「何を根拠に、拘束しようと言うのですか？」

そう言ったのは蘭子だった。

「また、おまえか……」

大滝係長が、いまいましげに言う。「警察官に逆らったらしょっ引かれるんだよ」

蘭子は平然と反論した。

「警察官職務執行法の第二条第三項をご存じですね？」

「ああ……？」

「職務質問についての規定です。刑事訴訟に関する法律の規定によらない限り、身柄を拘束され、又はその意に反して警察署、派出所若しくは駐在所に連行され、若しくは答弁を強要されることはない。そう定められているはずです」

「何が、職務執行法だ」

「さらに、刑事訴訟法の第百九十八条には、こうあります。被疑者は、逮捕又は勾留されている場合を除いては、出頭を拒み、又は出頭後、何時でも退去することができる」

大滝係長は、いっそう腹を立てた様子で、小早川に言った。

「あんたの入れ知恵か」

小早川はこたえなかった。すると、大滝係長はさらに言った。

「なら、教えときなよ。警察官がやろうと思えば何でもできるんだってな。その生意気な二人に署まで来てもらうことにする」

小早川は口を開いた。

「いい加減にしないか」

大滝係長が目をむく。

「何だと?」

「私の学生に乱暴な口をきくなと、何度言ったらわかるんだ」

「そういうことを言える立場じゃないと言ってるだろう」

「私を拘束することなどできない。それは、今私の学生が説明したとおりだ。今すぐ、ここを出て行け」

「ふざけるな。ガキの使いじゃねえんだ。手ぶらで帰れるかよ」

「今あんたがやってることは、子供の使い以下だ。子供でもちゃんと頭を使うからな」

「何だと……」

「私が碑文谷署に行ったのは、ゼミで取り上げる事件について担当者に話を聞くためだ。あんたが勘ぐっているような情報収集や工作のためじゃない。だが、これ以上理由もなく嫌がらせを続けるのなら、私にも考えがある。あんたが言ったコネというやつを使わせてもらうことになるかもしれない」

「語るに落ちたな。自分の罪をもみ消そうってわけだな」

「私にも我慢の限界というものがあるという話だ。さあ、出て行け」

大滝係長は、しばらく小早川を睨みつけていた。小早川も大滝を見据える。

やがて大滝係長が言った。

「首を洗って待ってろ」

彼は踵(きびす)を返すと、足早に部屋を出て行った。部下が慌てた様子でその後を追っていった。

小早川は大きく息をついてから、学生たちに言った。

「見苦しいところを見せてしまいましたね」

「そんなことはありません」

梓が言った。「胸がすっとしました」

「ああいう暴力に対抗する手段を取ってはいけないのですか？」

普段無口な楓が珍しく発言した。

「暴力に対抗する手段？」

「私たちは自分自身の肉体と精神、つまり人間としての尊厳を守る権利があります」

「そうですね。憲法第十三条でも、すべての国民は個人として尊重される、と定められています」

「そして、あの刑事がやっていることは明らかに暴力です」

「それが彼らの巧妙なところで、決して向こうから手を出さないのです。もし、こちらが手を出したら、たちまち傷害と公務執行妨害の現行犯で逮捕されることになるでしょう」

「手を出さないから暴力ではないということにはなりません。あの刑事の行為はそのまま暴力です。私たちはそうした暴力から自分自身を守る権利を持っているはずです」

「それは意見が分かれるところだと思います」

「私は尊厳を守るために戦います。あの刑事の精神的な暴力をこれ以上黙認はできません」

その口調はあくまでも静かだが、迫力があり、小早川はたじろぐ思いだった。

「待ってください。刑事に手を出したりしたら、間違いなく逮捕・起訴されます」

「それでも戦うべきだと思います。傷害罪や公務執行妨害になるとしても、守るべきものは守らなければなりません。憲法第十一条で保障されている基本的人権と、第十三条で保障されている生命、自由と幸福追求の権利を自ら守る行為が、傷害罪となり公務執行妨害となるなら、それは仕方のないことだと思います。自分はそういう国に生まれ、そういう国で生活しているのだと諦めるだけです」

こんなに饒舌(じょうぜつ)な楓を初めて見た。小早川はぽかんと彼女を眺めていた。楓は怒っているのだ。

「諦めることはないわ」

蘭子が楓に言った。「もし、刑事に手を出して起訴され、有罪になったとしても、控訴・上告して、憲法判断にまで持っていくべきよ」

小早川は言った。

「あなたがたが、どれだけ腹を立てているのかは、よくわかりました。ですが、私としては西野さんに手を出させるわけにはいきません。決してそうはならないようにしますので、私に任せてください」

ゼミ生たちは皆、釈然としない顔をしている。

小早川はさらに言った。

「刑事たちのことは忘れて、合コンのことでも考えていてください」

「……っつうかぁー」

麻由美が言った。「あくまでも、高樹さんを襲ったやつを見つけるための合コンですからね。言わば、捜査の一環ですよ」

小早川はほほえんだ。

「その捜査の結果を楽しみにしています」

梓が言った。

「では、そろそろ失礼します」

五人のゼミ生たちが礼をして部屋を出ていった。

小早川は机に向かって座ったまま、しばらく何もせず、考え事をしていた。

大滝係長の態度は腹に据えかねるものがある。彼はいつもあんな理不尽(りふじん)なやり方をしているのだろうか。

しかし、同僚の評判は悪くないという。

そのギャップは何なのだろうと小早川は思った。

大滝はもともと頑固なのだろう。こうと決めたら脇目も振らず突き進むタイプに違いない。

そういう警察官は少なくない。そして、周囲から評価されることが多い。だが、警察の外から見ると、無理を通すタイプということになるのだろうか。

たしかに大滝の態度には腹が立つが、彼がばかだとはどうしても思えなかった。普段は部下から慕われる係長なのではないだろうか。

今、何かが彼の眼を曇らせているのかもしれない。だとしたら、その何かというのは何だろう……。

ノックの音が聞こえた。

「はい」

ドアが開いて、丸山が入って来た。

「失礼します」

彼は部下らしい男を連れていた。小早川は尋ねた。

「そちらは、特命捜査係の溝口君かな？」

「そうです」

丸山が言った。「小早川さんとは初対面でしたか……」

溝口がぺこりと頭を下げた。小早川は会釈を返してから丸山に尋ねた。

「何か用かね？」

「大滝係長たちがこちらに向かったと知りまして、慌てて飛んで来たのですが……」

「ああ、二十分ほど前に帰ったよ」

「入れ違いでしたか。また失礼があったのではないかと思いまして……」

「先日は助かったよ」

先週の金曜日、目黒署で事情聴取されたときのことだ。「だが、いちいち私のことを気にしなくていい。それより、犯人を捜してくれ」

「はあ……」

丸山は頭をかいた。「おっしゃるとおりだと思いますが、なにせ、目黒署の捜査員は全員、大滝係長の指揮に従っていますので……」

「ちゃんと捜査をしているのは、君たち二人だけということになるのか……」

小早川は正直言って、少し気落ちした。

高樹晶の傷害事件が起きてからすでに九日が過ぎている。捜査があまり進展していないと感じるのは、そのせいか……。

「でもですね……」

丸山が言った。「少しずつ状況が変わりつつあります」

「どういうふうに」

「目黒署の捜査員の中にも、大滝係長の方針に疑問を持ちはじめている者たちがいるんです」

「ほう……」

「そういう人たちをこちら側に取り込みつつ、捜査を進めます」

「なんだか手間がかかりそうだな」

「ですから、実を言うと、小早川さんたちからの情報をけっこうあてにしているんです」

「警視庁の刑事が、か?」

「そうなんです」

「まあ、こちらはこちらで調べているから、何かわかったら連絡する」

「すいません。では、失礼します」

丸山は退室しようとした。

「あ、待ってくれ」

二人は立ち止まり、振り返る。丸山が言った。

「何でしょう?」

「どう言ったらいいのかな……」

小早川は、ちょっと考えてから言った。「大滝係長は、どうしてあんなに強硬なのかな、と思ってな……」

「は……?」

「もともと、周囲の評価は高いという話だったじゃないか」

「はあ……」

「闇雲に私を犯人にしようとするのには、何か理由があるんじゃないかと思ってな……」

「何か心当たりがおありですか?」

「いや、そういうわけじゃないが……。今の大滝係長は常軌を逸していると思ってね……」

「そうですかね。ああいう警察官はけっこういると思いますけどね」

そうなのだろうか。もしそうだとしても、それぞれに何か理由があるのだと思いたい。

「何かわかったら知らせてほしい」

「それは、傷害事件についてですか? それとも、大滝係長について?」

「捜査情報を私に話すわけにはいかないだろう。大滝係長についてだよ」

「差し障りのない範囲で、事件についてもお知らせします」

「それはありがたいが……」

「その代わりに、情報をお願いします。なにせ人手が足りないもので……」

「わかった」

「では、失礼します」

二人が出て行くと、小早川は時計を見た。午後一時半だ。昼食がまだだった。だが、食欲があまりない。学食で軽いものでも食べることにした。

竹芝教授がよく昼食でそばを食べていたので、小早川もそれを真似ることにした。なるほど、食欲がないときはそばなどは最適だ。

かき揚げの載ったてんぷらそばを平らげ、そのまま帰宅した。

調べ物でもしようと、いったん書斎に向かったが、妙に疲れており、リビングルームのソファに横になり、本を読みはじめた。

ふと、竹芝教授の研究室を思い出した。本のジャングルだ。

またあそこを訪ねたい。小早川は切実にそう感じていた。警察官をやっている間は、読書などとはほとんど無縁だった。

今はこうして書物とともに暮らす日々だ。だが、警察官は実は膨大な資料を読まなければならないし、作成しなければならない。読み書きには慣れているのだ。署に一人は調書で実に見事な文章を書く警察官がいるものだ。

だから、大学で仕事をするようになっても、小早川は実はそれほど違和感を持っていなかった。とはいえ、自分がこれほど知性に対する憧れを持っているとは思ってもいなかった。

大学教授になったのは、原田学長に熱心に勧誘されたからに過ぎない。警察官時代は、まさか自分が大学教授になるとは思ってもいなかった。

そして、実際に大学教授になってみると、意外と水が合っていると感じていた。

小早川にとって今や、竹芝教授の研究室が憧れの場所であり、同時に憩いの場所でもあった。

どうやらよほど疲れていたらしい。たいしてページをめくりもしないうちに、眠りに落ちていた。

一時間ほどぐっすりと眠ったようだ。携帯電話の振動で起こされた。小早川はポケットから携帯電話を取り出した。

碑文谷署の灰田からだった。

「はい、小早川。灰田さん、どうしました」

「目黒署の大滝係長に電話しました」

それで、彼が研究室にやってきたわけだ。

小早川は灰田を責める気にはなれなかった。警察官なら当然、どういうことになっているのか確認を取る必要があると考える。

小早川は言った。

「そうですか」

「大滝係長は、あなたを被疑者と考えているようですが……」

「大滝係長の勘違いです」

「警察官としては、その件がはっきりするまで、あなたと接触してはいけないと思います」

やはりな……。小早川はそう思いながら言った。

「わかりました」

「ですが……」

「は……?」

「私は、あなたの申し出を受けようと思います」

「本当ですか」

「冤罪をテーマにされているとおっしゃってましたね?」

「そうです」

「ならば、ぜひとも私の立場も話しておかなければならないと思います」

「お引き受けいただき、感謝します」

「いつ、どこへうかがえばいいでしょう?」

小早川は考えた。小松原と同じ日に灰田からも話を聞くのが理想的だ。だが、二人が顔を合わせないようにしなければならない。その点は慎重に段取りを組むべきだ。

「十月三十日水曜日はいかがでしょう?」

「事件が起きなければ、だいじょうぶだと思います」

「では、時間については追って連絡します」

「了解しました」

小早川は電話を切った。

18

夕食を終えて、ぼんやりテレビを眺めていた。ゴールデンタイムはどこの局もお笑いタレントが出演するバラエティーばかりで、まったく見る気がしない。

BSにチャンネルを切り替えてみたが、興味がわくような番組がなく、結局テレビを消してしまった。

テレビはいつからこんなにつまらなくなったのだろう。小早川は思った。いや、変わったのはテレビの側だけではないのかもしれない。小早川も変わったのだろう。

午後と同じくリビングルームのソファで読書をすることにした。暇なときに読書をしようと考えるのは、小早川の世代までなのではないだろうかと、ふと思った。

若者はスマホでゲームをやっているというイメージがあるのだ。

別に世代の問題ではないのかもしれない。だが、暇つぶしの方法は明らかに今時の若者とは違っているはずだ。

いや、こういう考え方をするのは、研究者として間違っている。若い人でも読書を楽しむ人は少なくないはずだ。逆に、小早川と同じ世代でも読書などせずに、テレビのバラエティーを楽しんでいる人もいるに違いない。

「今時の若者」などという言葉自体が偏見に満ちた言い方でしかないと、小早川は反省した。

しばらく読書に没頭した。もう少し若い頃には、酒を飲みながら一人の時間を過ごしたものだ。

ウイスキーのオンザロックかトワイスアップを少しずつ味わいながら、テレビでスポーツ観戦をしたり、ビデオやDVDで映画を見たりした。

だが、今の年になるとあまり酒を飲もうという気がなくなる。おそらく体力がなくなったせいなのだろう。酒を楽しむのにも体力が必要なのだ。

インターホンのチャイムの音がして、小早川は思わず時計を見た。午後十時を過ぎている。こんな時間に誰だろうと思いながら、インターホンのボタンを押す。

「はい」

「あ、先生。瀬戸でーす」

麻由美が何の用だろう。そう思いながら玄関のドアを開けると、五人のゼミ生がそろっていた。

「どうしたんですか?」

小早川の問いに、麻由美がこたえた。

「メディアソサエティーの人たちから、いろいろと話を聞いてきたので、報告しようかと思って……」

「明日以降でもいいんじゃないですか」

「こういうことは早いほうがいいと思って……。警察官はすぐに報告するんでしょう?」

それは確かにそうだ。報告は早ければ早いほどいい。

「とにかく、入ってください」

「お邪魔しまーす」

全員、いくらか酒が入っている様子だ。まあ、合コンだから当然だ。

小早川は尋ねた。

「合コンというのは、二次会が勝負なんじゃないんですか?」

麻由美がこたえる。

「向こうはそう思っていたかもしれませんね。でも、付き合う義理はないわ」

麻由美はこういうとき、とてもドライなようだ。どうやら、今夜主導権を握っているのは彼女のようだ。だから、梓も蘭子もまだ発言していない。

彼女らをソファに座らせると言った。

「何か飲みますか?」

ようやく梓が口を開いた。

「あ、おかまいなく。すぐに引きあげますから」

蓮が、小さな声で申し訳なさそうに言った。

「こんな時間に、ご迷惑だからと言ったんですが、瀬戸さんが行こうって……」

「かまいません」

小早川は言った。「暇つぶしに本を読んでいただけですから」

「じゃあ、さっそく報告します」

麻由美が言った。「ええと……。向こうの参加者も五人。合コンだから、当然ですね。名前は……。いいですよね？」

小早川はこたえた。

「ええ。個人の名前は今は必要ないと思います」

「まずは、メディアソサエティーと三女祭の関わりですが、これは、ずいぶんとビジネスライクでしたね」

「ビジネスライク」

「そうです。彼らにとっては、請負仕事のようなものです。何としても成功させなきゃ、と思っているんです」

「なるほど……。ビジネスライク……。金銭のやり取りはあるんですか？」

「三女祭の予算の中から実費は支払われます。その際に、マージンというか手数料のようなものを取るようです」

「三女祭の内容にも関与するわけですね？」

「メインのイベントだけですね。それが彼らの仕事です」

「そのメインのイベントの中にミス三女が含まれているわけですね」

「イベントの目玉ですね」

「メディアソサエティーの連中が、そのミス三女をどう考えているか、ですが……」

小早川が尋ねると、麻由美がこたえた。

「それも、あくまでも請け負った仕事という感じでしたね。特に、思い入れがあるわけではなさそうでした」

「それはちょっと意外な気がしますね」

麻由美は肩をすくめた。

「学生サークルがミスコンを企画運営する、なんて聞くと、なんかお祭り騒ぎの浮かれた感じを想像しますよね。でも、実際はそんな感じじゃないんです。メディアソサエティーは、イベントの経験が豊富なだけあって、実際の運営がいかにたいへんかをよく知ってるんですね。そして、その実務をこなす自信を持っている……」

「なるほど、瀬戸さんがビジネスライクと言った意味がわかりました。他の人も同じことを感じたのでしょうか？」

その質問にこたえたのは梓だった。

「そうですね。瀬戸さんが言ったことに間違いはないと思います」

さらに蘭子が言った。

「メディアソサエティーは、想像していたよりもずっと地に足がついた連中でした」

「地に足がついた」という言い方が、いかにも蘭子らしいと、小早川は思った。

彼は質問した。

「では、もし、ミス三女が中止になっていたとしたら、彼らはどう思ったでしょう？」

麻由美が言う。

「それも、しっかり訊いてきましたよ。もし、中止になったら、それに代わる企画を考えなければならないのでたいへんだと言っていました」

梓がそれに付け加えるように言った。

「ただ、彼らはそうした企画を考えることも仕事だと割り切っているようでしたね」

「仕事ですか」

「ええ、遊びというより仕事という感じでした。そして、その仕事を楽しんでいる様子でした。つまり、別の企画を考えることも楽しんでいるんです」

「別の企画を考えることも……」

「そうです。彼らはミス三女に固執しているわけではないと、私は感じました」

「そう」

麻由美がうなずく。「たしかにミス三女はイベントの目玉です。だからといって、どうしてもそれじゃなきゃいけないというわけではなさそうでした。いざとなれば別なものを仕込むこともできると、彼らは考えているようでした」

「しかし、今から別な企画を立てるのでは、いくら何でも時間がありませんよね」

「そういう危機を乗り越えることに喜びを見いだす連中のようです」

「それはなかなか頼もしい」

「三女祭まではまだ十日近くあります。それだけあれば、なんとかしちゃうんじゃないかと、彼らを見てると思っちゃいましたね」

小早川は確認するように言った。

「なるほど……。彼らはミス三女に特別な思い入れはない……」

「今日会った五人について言えば、個人的な思い入れはないと見ていいでしょうね」

それを補うように蘭子が言った。

「……というより、メディアソサエティー全体として、ミスコンだから特に力を入れる、というようなことはなさそうです。つまり、ミスコンでも誰かのライブでもトークショーでも、彼らは同等に考えるでしょう」

小早川はしばらく考えてから言った。

「ミスコンに対する反対運動について、彼らはどう考えていたのでしょう」

麻由美がこたえた。

「三女の中の問題。そう割り切っていたようです」

「反対運動が原因でミス三女が中止になるかもしれず、メディアソサエティーはおおいに困惑して、腹を立てているのではないかと考えていたのですが……」

麻由美が再び肩をすくめる。

「私もそう思っていたんですが、メディアソサエティーって、考えていたよりずっとドライな集団ですね」

「それでも、個人的に入れ込んでいるような人がいてもおかしくはないですね」

その質問にこたえたのは、意外にも無口な楓だった。

「彼らはビジネスごっこをしているんです。ですから、本物のビジネスマンよりもビジネスマンらしい言動を好みます」

なるほど、楓の言うことは理解できる。

ものまねは、本人よりも本人らしいと言われる。特徴が誇張されるからだ。「ごっこ」も同様だろう。本物よりも模倣のほうがより先鋭化したり教条的になるのは珍しいことではない。

つまり、それらしく振る舞おうとするあまりに、いい加減さを容認できなくなるのだ。

小早川は楓に尋ねた。

「それは、特定のイベントに過剰に入れ込むようなメンバーはいない、ということですか?」

楓は無言でうなずいた。

「そういう人がいたとしても……」

梓が言った。「仲間にばかにされるか、たしなめられるでしょうね」

「ミス三女の反対運動がなくなったことについては、どう考えているんでしょう」

麻由美がこたえた。

「何とも思っていない。そんな感じですね。さっきも言ったけど、反対運動は三女内部の問題で自分たちとは関係ないと思っているようですから」

「メディアソサエティーと谷原沙也香さんの関係はどうです?」

「それも、特に深い繋がりがあるわけじゃないみたいですね。彼らとしては、誰がミス三女になろうと関係ないみたいです。あくまでイベントとして成功するかどうかが問題なんです」

小早川は一つ息をついてから言った。

「どうやら、警察が言っていたことは正しかったようですね」

蘭子が言った。

「私もそういう印象を受けました。メディアソサエティーは、ミス三女反対運動にはあまり関心がない様子でした。つまり、高樹さんを襲撃する動機がないということになります」

小早川はうなずいた。

「大滝係長のせいで、どうやら私の眼も曇っていたようです。警察の捜査を信用できなくなっていたのです」

蘭子が言う。

「当然だと思います。警察にああいう扱いをされて冷静でいられる人はいません」

「そうですね。警察OBの私ですらそうなのですから、一般の人がもし同じ目にあったら、とても平静ではいられないでしょう」

「それが冤罪の恐ろしさだと思います」

「冤罪で思い出しました。次回のゼミですが、碑文谷署の担当者も来て皆さんの質問にこたえてくれることになりました」

梓が驚いたように言う。

「小松原さんと、その事件の担当者が同席するということですか？」

「いえ、さすがにそれは無理でしょう。時間を分けることになると思います。まず、先に小松原さんにお話をうかがいます。そして、彼がいなくなってから、担当した刑事に来てもらうことにします」

五人のゼミ生たちはうなずいた。

すでに午後十時半を回っている。そろそろ帰ってもらったほうがいいと小早川が思ったとき、蓮がおずおずと言った。

「あの……。一つ気になることがあって……」

小早川は尋ねた。

「何でしょう？」

「彼らに谷原さんのことを尋ねたときのことです。ある人がこう言いました。沙也香はもてるからなあ。いろいろな人に言い寄られて苦労しているみたいだ、って……」

「そうでしょうね。それが何か……」

「どうやら、ストーカーまがいの人もいるみたいです……」

それを受けて麻由美が言った。

「まがいって言うか、そのものズバリ、ストーカーなんじゃないの。そういうのがいても不思議はない」

「ストーカーですか……」

小早川は蓮に尋ねた。「何か特に心当たりでも……？」

蓮はかぶりを振った。おかっぱがふるふると揺れる。

「そうじゃないんですけど……」

否定しつつ「けど」というのが、ちょっと気になった。しかし、これ以上話が長引くのはまずい。そう判断して、小早川は言った。

「話はまたにしましょう。わざわざ報告に来てくれてありがとうございます」

梓が言った。

「じゃあ、私たちはこれで失礼します」

五人のゼミ生が立ち上がった。

読書を続けようと思ったが、どうも気が散って文字に集中できなかった。本を閉じてソファの背もたれに体を預けた。

そのとき、携帯電話が振動した。警視庁特命捜査対策室の保科からだった。

「どうした？」

「夜分失礼します。丸山から話を聞きまして……。大滝係長の件です」

「ああ……」

おそらく丸山は自分では調べきれないと判断し

て、保科に相談したのだろう。

「小早川さんのお話をうかがって、私もなるほどと思いました。普段は周囲の評価も高い大滝係長が、あれほど意固地になっているのは、たしかにおかしいと思いました」

「それで、何かわかったのか？」

「菅井巡査部長のことがあると言っている目黒署員がいました」

「菅井巡査部長？　現場に駆けつけた地域課の巡査部長だな？」

「そうです」

「その菅井巡査部長のことがあるというのは、どういうことだ？」

「菅井と大滝は、ずいぶん昔から縁があって、大滝は菅井をかわいがっているようです」

「ずいぶん昔からというと、二人が目黒署に来る前から、ということなのか？」

「最初は、大滝係長が北沢署の地域課で巡査部長をやっている頃のことだったそうです。その頃、菅井が新人で配属になったんです」

「現場で菅井とちょっと険悪なムードになったんだ」

「菅井はどうやら、ずっと刑事に憧れているらしいです。何か機会があれば、大滝係長は菅井が刑事講習のための推薦を受けられるように、課長や署長に働きかけるつもりだったようです」

「今回の傷害事件がそのきっかけになるというわけか」

「充分に考えられることですね」

「そう言えば、私が警察ＯＢだと言っても、菅井は平気な顔をしていたし、むしろ反発していたようだ。刑事畑が長かった私を妬んでいるのかもしれないな」

「小早川さんが刑事畑だった、なんてことを、菅井が知るはずはないと思いますが……」

　考えてみればそうだ。彼は現場で衝突してからずっと小早川に反発しているようだ。

「だとしたら、もともと上司とかOBとかのことを気にしないタイプかもしれない」

「そうかもしれませんね。……で、大滝係長のことなんですが、菅井を刑事に引っぱるにしても、これがラストチャンスだと考えていた節がありますね」

「ラストチャンス？」

「菅井は三十五歳だそうです。毎年若い警察官が生まれるわけです。若いほうがチャンスを得やすいと思います。三十五歳で刑事講習というのはぎりぎりだと思いますね」

「菅井が手柄を立てれば、そのラストチャンスをなんとかものにできる、と……」

「小早川さんが怪しいというのは、菅井の読みだと思います。彼から話を聞いた大滝係長が、すぐに絵を描いて動き出した、ということでしょう」

「なるほど、そういうことか。大滝係長はいろいろな意味であせっていたのだろうな」

「……かといって、小早川さんに対する態度は許されるものではありません」

「たしかに私も腹を立てていた。いや、今でも腹立たしい思いだ。このまま犯人にされたんじゃ、たまったもんじゃない。しかし、部下を思う気持ちが強すぎて暴走を生んだのだとしたら、その気持ちは理解できないわけではない」

「小早川さんは、本当に大人ですね」

「そうでもない」

「丸山たちの尻を叩いて、早いところ本ボシを挙げさせます」

「私も協力する。うちの優秀なゼミ生たちがメディアソサエティーのメンバーから話を聞いてきた」

「丸山に連絡させます」

「そうしてくれ」

「それで、大滝係長のほうはどうされますか？」

「どうするも何も、彼にとっては、私は被疑者だから、どうしようもない。ただ……」

「ただ……?」

「話はできると思う」

しばらく間があった。それから、保科は言った。

「何かあったら、いつでも連絡をください」

「済まんな。頼りにしている」

そう言って、小早川は電話を切った。

19

その十分ほど後に、丸山から電話があった。保科から連絡を受けてすぐにかけてきたのだろう。

「すいません。まだ起きてらっしゃいましたか?」

「ああ。起きていた」

「ゼミ生の皆さんが、メディアソサエティーから話を聞いたということですが……」

「合コンを企画してね」

「合コンですか」

「そう。話を聞き出すための方便のようだがね」

「何かわかりましたか?」

「メディアソサエティーというのは、私が想像していたのとはちょっと違う組織のようだ」

「……とおっしゃいますと……?」

「学生の遊びだと思っていたんだ。いろいろな大学から集まったメンバーがお祭り騒ぎを楽しむような……」

「一時期問題になったイベントサークルですね」

「そういうものを想像していたんだが、どうやらそうではなく、かなり本気でイベント企画をやる団体のようだ。彼女たちは、ビジネスライクという言葉で表現していたな」

「ほう、ビジネスライクですか……」

「そう。彼らはイベント請負業のようなものだ。だから、イベントを成功させることには執念を燃やすが、そのイベントの内容についてはそれほどこだわりはないらしい」

「なるほど……」

「彼らは三女祭のメインイベントを請け負ったのであって、ミスコンを請け負ったわけではない。ミスコンはイベントの目玉ではあるが、もし中止になっても代わりの企画を持ってきて、それを成功させることに全力を挙げるだろう。それが、ゼミ生たちが聞き出した内容だ」

「それは、目黒署が聴取した内容とも一致するようですね」

「そうらしいな。どうやら、私が間違っていたようだ。思い込みというのは恐ろしいものだ」

「メディアソサエティーは、ミス三女が中止になろうがなるまいが、それほど関心はなかった。つまり、彼らには高樹さんを襲撃する動機がなかったということになりますね」

「まあ、計画どおりミスコンが行われれば余計な苦労をせずに済むので、彼らはそれを望んでいるに違いないが、反対派を襲撃してまで実行しようとはしないだろう」

「うーん。やはりメディアソサエティーの線はなさそうですね」

「捜査はあまり進んでいないようだね」

「当初、捜査員たちは大滝係長の指示に従って、小早川さんの容疑を固めようとしていましたからね。でも、それがうまくいかないので、その方針に疑問を持つ捜査員が増えてきています」

「遅かれ早かれそうなると思ってはいたよ」

「それでも、大滝係長は方針を変えようとしないんですが……」

「他に被疑者が見つかれば、方針を変えざるを得なくなるだろう」

「そうですね」

「ゼミ生たちから、ちょっと気になる話を聞いたんだが……」

「どんな話です？」

「谷原沙也香がストーカー被害にあっていたらしいという話だ」

「谷原沙也香って、ミス三女の最有力候補といわれている学生ですね？」

「そうだ」

「高樹さんがストーカー被害にあっていたというのならわかりますが、その谷原っていう学生がストーカーにあっていたからって、事件に何か関係がありますかね……」

「動機に関わることかもしれない」

「動機に……」

「ストーカーということは、一方的に谷原さんに思いを寄せている者がいるということだろう。その人物はもしかしたら、彼女をミス三女にしたいと強く願っているのかもしれない。もし、そうだとしたら、ミスコンが中止されては困るということだ」

短い沈黙があった。おそらく、丸山は小早川が言ったことについて考えているのだろう。やがて彼は言った。

「おっしゃることはわかりますが、仮定が多すぎて、何とも言えないですね……」

「まあ、たしかに君が言うとおりだな。私が捜査員でも同じことを言うだろう。だが、ストーカー行為を働くほど谷原さんに思いを寄せているということは、動機を持っているということになると思う」

「誰か、そのような人物に心当たりはありますか?」

　言われてしばらく考えた。

「いや、今のところない」

「そうですか……。ストーカー被害については、こっちでも洗ってみます」

「わかった」

「では、失礼します」

　電話が切れた。携帯電話をテーブルに置くと、小早川は何か思い出さなければならない重要なことがあるような気がした。

　それが何なのかわからない。思わずつぶやいた。

「年は取りたくないものだな……」


　月曜日は授業がないので、自宅にいた。書斎でパソコンに向かっていると、インターホンのチャイムが鳴った。

　リビングルームに行き、返事をする。

「はい」

「目黒署の大滝です」

　小早川はとたんに気分が重くなった。

「何の用です」

「おたくのゼミ生たちのことでちょっと……」

　忙しいと言って追い返そうかとも思った。だが、金曜日の夜に保科から聞いた話を思い出した。

　話をするいいチャンスかもしれないと、小早川は思った。もっとも、それも大滝次第だが……。

　玄関を開けると、大滝係長が立っているが、彼は一人だった。

「入ってください」

　小早川が言うと、大滝は無言で上がってきた。リビングのソファに彼を座らせ、その向かい側に小早川も腰を下ろした。茶などを出す気はない。

「教え子たちのことだとか……」

　大滝は小早川を睨みながら言った。

「メディアソサエティーのメンバーに会ったそうじゃないですか」

「合コンですよ。学生ですからね。そういうのが楽しい時期なんです」

「ふざけんでください。何かを聞き出そうとしたんでしょう」

「だとしても、彼女らの意思でやったことです」

「それで、何かわかったんですか？」

「それについては、丸山に伝えました」

　大滝は渋い顔になる。だが、いつもほど攻撃的ではない。

「わかっています。だから、その内容を俺にも教えてほしいと言ってるんです」

「警察内で連絡がうまくいっていないということですか？」

　小早川はわかっていながら訊いてみた。大滝は、その質問にはこたえずに言った。

「我々もメディアソサエティーの連中には話を聞きました。それは言いましたよね？　それなのにあんたもメディアソサエティーの話を聞こうとした。我々を信じていないということですね？」

「こちらの話に、まともに耳を貸そうとしないあなたを、どうやって信じろと言うんです。自分の身は自分で守らないと……」

「それで何かわかりましたか」

　小早川は肩をすくめてから言った。

「結論から言うと、あなたが言ったとおりでした」

「やつらはシロだと……」

「話を聞いて、彼らに動機がないとわかりました」

　大滝が勝ち誇ったような態度を取るものと、小早川は覚悟をしていた。だが、意外なことに大滝は、何かを熟慮するような表情で言った。

「こっちもね、本気でやってるわけですよ。メディアソサエティーにはいち早く眼を付けました。それで、メンバーに話を聞きに行ったんですが、その結果、シロだと判断したんです。だからあなたに対する疑いも濃くなった……」

「だが、私はやっていないんだ」

大滝はしばらく考えた後に言った。

「被害者が、被害にあう直前に会ったのはあなただった。その前に、あなたは研究室で被害者と二人きりだった。そして、他に被疑者はいない。あなたなら、どう考えます？」

そう言われて、小早川は真剣に考えた。

「疑いを持つだろうね」

「私らがやっていることは、間違いだとは言えんでしょう」

「でも、間違いです。何度でも言いますが、私はやっていないんです」

「他に被疑者がいないんですよ。認めたらどうです」

「やっていないことを認めるわけにはいかない。私が素人なら、音を上げて嘘の自白をすることもあるかもしれません。でも、私は屈しません」

「人聞きの悪いことを言わんでください。私が普段、素人相手に濡れ衣を着せているとでも言うんですか」

「今回のやり口を見ていると、そう思わざるを得ませんね」

「冗談じゃない。私はね、これまで一度だって冤罪なんてやったことはないんだ」

「今それをやろうとしているんですよ」

「何が何でも、やっていないと言い張るわけですね？」

「当然です。やっていないのですから」

大滝は渋い表情で、ゆっくりと息を吐いた。

「しょうがない。じゃあ、あなたの身柄を拘束することにします」

「令状を持ってこない限り、それは不可能ですよ。任意同行には応じません」

「令状はなんとでもなります。署で拝ませてさしあげます」

今度は小早川が溜め息をついた。

「今のあなたは、本来なら見えるものが見えていないのでしょう」

大滝は、むっとした表情で小早川を見た。小早川はかまわずに続けた。

「地域課の菅井を刑事にしたいんでしょう？」

その言葉に、大滝は驚いた顔をした。それから、怒りの表情に変わった。

「あなたはそうやって、昔のコネを使っていろいろなことを調べたり、手を回したりするわけですね。どこで何を聞いたか知りませんが、そんなことを言われたからといって、私が追及の手を緩めると思ったら、大間違いですよ」

小早川はかぶりを振った。

「責めているわけじゃありません。見所のある後輩を思う気持ちはよくわかります。そして、有能な者は希望の部署に就かせてやるべきだと、私は思います」

大滝は何も言わず、小早川を見据えている。反論を考えているのだろうか。だが、彼に言ったように、小早川は責めているわけではない。だからおそらく、大滝は戸惑っているのだろう。

小早川は続けた。

「菅井が刑事になるチャンスはこれが最後だ、なんて決めつけちゃいけません。まだ機会はあるはずです」

「もう何年も、署長推薦をもらえずにいるんです」

大滝は、悔しげに言った。「菅井だって、いい加減クサっちまいますよ」

「それを元気づけてやることこそ、あなたの役目なんじゃないですか」

「あなたが、今言ったように、優秀な人材は、希望の部署に行けるようにしてやるべきなんです」

「菅井が強く望み続けていれば、希望はきっと叶うでしょう。あなたもそうだったんじゃないですか？」

「もし、あなたが私の立場だったらどうします？」

「協力は惜しまないでしょう。しかし、だからといって不合理なことはしません。あなたは、菅井の主張を受け容れて、私を被疑者と考えているのでしょうが、もう一度あらためて、菅井が私を疑う根拠についても考えてみるべきです」

「しかし……」

大滝は反論しようとしているが、あきらかに動揺している。「他に被疑者がいないのですよ」

「まだ見つかっていないだけです。これは、丸山にも言ったことですが、谷原沙也香はストーカー被害を受けているらしいです」

大滝はきょとんとした顔になった。

「谷原沙也香……。たしか、ミス三女の候補の一人でしたね……」

「彼女をミス三女にしたいという強い思いがあるとしたら、それはミスコン反対派のリーダーである高樹さんを襲撃する動機になり得ると思いませんか？」

大滝は、またしても無言でしばらく小早川を見ていた。

それから彼は立ち上がって言った。

「また来るかもしれません」

小早川は座ったまま言った。

「私の身柄は拘束しないのですか？」

「今日のところはこれで……。もしかしたら、今度来るときに令状を持っているかもしれません」

それは強がりにしか聞こえなかった。おそらくもう、大滝にはその気がないのではないかと、小早川は思った。

「ストーカーの件。調べてみるといいです」

大滝は何も言わずに、小早川の家を出て行った。


それから二日後の水曜日。小早川ゼミにとって重要な日だ。大切なゲストを招いてのインタビューだ。

午後三時から、冤罪事件の当事者である小松原幸太が、弁護士の武原とともに研究室にやってくる。

五人のゼミ生たちは、早くから研究室に集まっていた。楕円形のテーブルの席は、いつもよりも間隔を詰めて、二席増やしていた。それが小松原幸太と武原弁護士の席だ。

小早川は窓際の自分の席にいた。質問はゼミ生たちに任せることにしていた。何か問題が起きたり、軌道修正が必要なときだけ発言しようと、小早川は考えていた。

三時五分前に、ドアがノックされた。小松原幸太と武原弁護士の到着だった。小早川は二人を出迎え、テーブルに用意された二人の席に案内した。

小松原は髪の毛を茶色に染めた今時の若者だった。学生時代に柔道をやっており、黒帯だということだが、体格は十人並みに見えた。

武原弁護士はまだ若く、やる気がありそうだった。彼は弁護士らしく、背広にネクタイ姿だが、小松原はジーパンにジャケットという服装だった。

小早川がゼミ生たちを二人に紹介した。小松原は興味深げに彼女たちを見つめていた。若い男性なのだから、当然興味はあるだろうと思った。

質問の口火を切ったのは、やはり蘭子だった。彼女は、裁判を傍聴しているし、五人の中で最もこの事件に詳しいはずだった。

「裁判の結果を、どう受け止めていらっしゃいますか？」

この質問に、小松原は笑みを浮かべた。どこか人を嘲るような笑いだと、小早川は感じた。

「当然の結果だと思ったよ。だいたい、逮捕・起訴されたこと自体が間違いなんだからさ」

「控訴審判決が出るまで、不安はありませんでしたか？」

「不安なんてないさ。ただ、腹が立ったね。なんで俺がって思ったよ。先に手を出したのは、向こうなんだからさ」

「そのへんの経緯を詳しく教えてください」

すでに新聞記事や碑文谷署の灰田から聞いた話

で、経緯については明らかだが、本人の口から聞くことが重要だと、小早川は思った。

「自由が丘の駅で、東横線から大井町線に乗り換えようとしていた。そのとき、すれ違いざまに北上とぶつかったんだ。頭に来たから言ってやったよ。このハゲ、気をつけろって……」

ゼミ生たちが動揺するのがわかった。小早川も「おや」と思っていた。

蘭子が尋ねた。

「あなたのほうから、声をかけたわけですか?」

「むかついたんで、咄嗟にね。そうしたら、なんだか絡んできてさ。北上のやつ、酔っ払っていたんだと思うよ」

「それからどうなりました?」

「ちょっと揉み合いになった。面倒くせえなと思ったよ。北上が俺の服をつかんでいたんで、それを払ったんだ。そうしたら、あいつ、ひっくり返って……。鉄骨の土台みたいなのに、頭をぶつけてさ、血を流したんで、あ、ちょっとヤバイかなって思った」

「ヤバイ……?」

小松原は、また笑みを浮かべた。

「だって、あいつの手を払ったとき、ちょっと足を掛けてやったからね」

小早川はその一言に驚いていた。蘭子は冷静だった。いや、彼女も動揺していたはずだ。この事案を取り上げようと言いだしたのは彼女なのだ。

彼女は冷静さを装うしかないのだ。

「足を掛けたって、それは柔道の技ですか?」

「いやあ、技というほど大げさじゃないけど、柔道やってると、つい癖になっちまうんだよ。俺、柔道部にいる頃から、足癖が悪くてね」

彼はくすくすと笑った。

武原弁護士が言った。

「確定判決が出た後じゃないと、絶対にこんな発言はさせないんですが……」

「いいじゃん」

小松原が言った。「もう罪に問われることはないんだから」

蘭子が言葉をなくした様子で小松原を見つめている。

小早川も意外な展開に、何を言っていいかわからずにいた。

20

そのとき、麻由美が言った。

「それって、あなたから喧嘩を売って、さらに足を引っかけて転倒させたってこと？」

小松原は、相変わらずにやにやしながらこたえた。

「いやあ、あくまでグレーゾーンだから……」

「グレーゾーンってどういうことかしら」

「かっとなってつかみかかってきたのは向こうだから。俺、自分の身を守ろうと、相手の手を振り払っただけだし……」

「でも、足を掛けたんでしょう？」

「いや、それも故意だとは言ってないし……。たまたま引っかかっちまっただけとも言える。いずれにしろ、俺、無意識だったし……。だから、グレーゾーン。疑わしきは罰せずだからさ、俺が無罪になるのは当たり前じゃん」

　蘭子がようやく衝撃からさめた様子で言った。

「でも、あなたは先ほどはっきりと、ちょっと足を掛けてやった、と言いました」

「そうだっけ？　それ、言葉のアヤってやつだよ」

「その一言だけでも有罪になり得ますよ」

　それにこたえたのは、武原弁護士だった。

「判決が確定する前なら、絶対に言ってはならない一言ですよね。しかし、裁判は終わりました。訴追の恐れはもうありませんから、うっかりこういう発言をするのも、大目に見ていただきたいですね」

「故意に相手を転倒させたと言っているのですよ」

　蘭子の言葉に、武原弁護士はかぶりを振った。

「そんなことは言っていません。あくまでもはずみですよ。小松原さんが言うように、つかみかかってきたのは先方です。小松原さんは身の危険を感じて、自分の身を守ろうとしただけです」

　梓が、ゲストの二人にではなく、楓に質問した。

「武道家は、無意識に技を出してしまったりするものなの？」

　楓は即座に、そして自信に満ちた口調でこたえた。

「よくそういうことを言う人がいるけど、技を出すときは、ほぼ百パーセント意図的よ」

　小松原は楓に言った。

「へえ……。何でそんなことがわかるの？」

　梓が彼に言った。

「彼女は何とかいう武術の達人なのよ」

「どんな武術？」

　楓がこたえた。

「大東流合気柔術と直心影流薙刀」

「すげーな」

　小松原は言ったが、本当にそう思ってはいないような口調だった。

　武原弁護士が言う。

「故意だとは言ってませんが、万が一、故意であったとしても問題はありません。すでに判決は下ったのですからね」

小松原が言った。

「そう。俺は無罪なんだ」

その後、ゼミ生たちは質問する意欲が失せたように消極的になった。そこで小早川が事務的に事実関係を確認した。

やがて約束の一時間が過ぎた。

最初に武原弁護士が立ち上がった。

「それでは、そろそろ失礼します」

その言葉を合図に小松原が立ち上がって言った。

「普通はこういうインタビューには応じないんだけどね。女子大に来てみたかったんだ」

二人は出入り口に向かった。戸口で振り向くと、小松原がさらに言った。

「今度学園祭があるんだよね。誰か案内してくれるとうれしいんだけど」

もちろん五人のゼミ生は何も言わない。小松原はにやにやしたまま肩をすくめて、部屋を出ていった。

蘭子の顔面はこわばっていた。

麻由美が言った。

「なあに、あれ。サイテイ」

梓も麻由美に同調する。

「なんだか、予想していたのと全然違ったわよね」

小早川も同感だった。彼は言った。

「冤罪事件と聞いて、私たちは勝手にイメージを作り上げてしまったのかもしれません」

蘭子は何も言わない。この事案を取り上げようと言い出した責任を感じているのかもしれない。

小早川は言った。

「午後五時に、碑文谷署の灰田さんに来てもらうことになっています。先入観なしに彼の話を聞くことにしましょう」

「あの……」

蓮がひかえめに言った。「私は、この事案を取り上げてよかったと思います」

　蘭子を気づかっての発言だろうか。蓮はそういう気づかいをする子だ。

　小早川は尋ねた。

「どうしてそう思うのでしょう」

「冤罪事件というと、どうしても警察や検察が批判されがちです。たいていは誤認逮捕など警察のミスだからです。でも、いろいろなケースがあることが、今回初めてわかりました」

　蓮は一所懸命に訴えるように話す。小早川はうなずいた。

「そうですね。私も同感です。冤罪と判断されるのは、戸田さんが言ったとおり、警察の判断ミスや無茶な取り調べの結果が多い。でも、そうではなく、検察官と弁護士の力関係による場合もあるのだと思います」

　梓が質問した。

「検察官と弁護士の力関係ですか？」

「そう。熱心さの度合いと言い換えてもいいかもしれません。武原弁護士に会ってみてわかりました。彼は若くて熱心な弁護士です。そして、野心もある。たいていの弁護士は刑を軽くすることを第一に考えます。しかし、武原弁護士はそれでは満足しないタイプのようです。若いので実績がほしいという一面もあるでしょう。彼は実際はどうあれ、小松原さんを無罪にすることこそが自分の仕事だと信じていたのでしょう」

　梓が言った。

「ありとあらゆる手を使って、無罪を勝ち取ったということですね」

「小松原さんが言ったように、グレーゾーンは無罪なのです。武原弁護士は、事実をそのグレーゾーンに持ち込んだのでしょう」

　麻由美が言う。

「なんだか、納得できないわよねえ」

　小早川は言った。

「とにかく、灰田さんの話を聞いてみましょう」

午後五時ちょうどに、灰田が研究室にやってきた。警察官の終業時間は午後五時十五分だから、それよりもかなり早く署を出たことになる。

これも仕事の一環という解釈なのだろう。

「よく来てくれました」

小早川が言うと、灰田は緊張した面持ちでうなずいた。

さきほど小松原が座っていた席に、灰田を案内すると、ゼミ生たちに紹介した。

「碑文谷署強行犯係の灰田公伸巡査長だ」

灰田は礼をして「よろしくお願いします」と言ってから着席した。ゼミ生たちも座ったままだが返礼した。

小早川は自分の席に戻り、蘭子に言った。

「安達さん。まずあなたから質問を始めてください」

彼女は相変わらず落ち込んだ様子だったが、自分を鼓舞するように顔を上げると、灰田に言った。

「今日は私たちのためにご足労いただき、ありがとうございます」

「いやあ、女子大なんて初めてなんで、なんか緊張しますね」

言っていることは小松原と大差ないが、印象がずいぶん違うと、小早川は思った。悪い印象はない。

ゼミ生たちも同様に感じた様子だった。

「小松原さんの身柄を確保するに至った経緯を説明してください」

蘭子に言われて、灰田は説明を始めた。

経緯は、先日碑文谷署を訪ねたときに聞いたとおりだった。それを踏まえて、蘭子がさらに質問する。

「あなたが駆けつけて、まずご覧になったのは、北上さんが頭から血を流してうずくまっているところだったのですね？」

「そうです」

「そのとき、小松原さんはどこにいましたか？」

「駅員といっしょに、その場にいました」

「あなたはまず駅員から話を聞かれたのですね？」

「はい。駅員は、血を流してうずくまっている北上さんと、それを見下ろして立っている小松原を見たと証言しました」

　北上はさんづけだが、小松原は呼び捨てだった。灰田は今でも、小松原が有罪だと考えているようだ。

「それであなたは、北上さんが被害者で、小松原さんが加害者だと判断したわけですね？」

「二人から個別に話を聞きましたよ。その上で判断しました」

　碑文谷署で聞いたのと、話の内容は同じだ。にもかかわらず、まったく別な話に聞こえた。あのときは、冤罪という結果しか頭になかったのだ。

　今は違う。おそらく、灰田の判断は正しかったのだろうと、小早川は感じていた。

「でも、小松原さんは無罪になりました。それはなぜだと思いますか？」

「弁護士が頑張ったからでしょう」

　これも、碑文谷署で聞いたのと同じ言葉だ。

「では、有罪でも弁護士次第で無罪になることがあるということですね？」

「実際、第一審では、小松原は有罪だったのです。それを、あの弁護士がひっくり返したのです」

「あなたは、その結果に納得していないのですね？」

　灰田の表情が引き締まった。

「もちろん納得はしていません。ですが、裁判の結果は受け容れなければならないと思っています」

　麻由美が言った。「聞いているうちに、なんだかムカついてきた」

「さっき、小松原からも話を聞いたのよ」

　灰田は真剣な表情で言った。

「自分がいっしょに話を聞いていたら、ぶち切れていたかもしれません」

「北上さんも納得していないでしょうね」

「自分はその後お会いしていません。しかし、北上さんも裁判の結果は受け容れなければならないと思います」

「グレーゾーンは無罪だというようなことを、小松原が言っていた」

「それが法律です」

梓が尋ねた。

「今、どんなお気持ちですか？」

「腹が立ちますが、結果が出てしまった今となっては、何を言っても仕方がありません。ですから、なるべく考えないようにしています」

それも一つの手だと、小早川は思った。

警察官は、そうやって理不尽なことを乗り越えていかなければならない。

「冤罪といっても、いろいろなケースがあるのだということを、今回学びました」

蓮が発言した。「来てくださって、感謝します。ありがとうございます」

灰田がこたえた。

「実は、自分は無力だと感じていました。でも、今日ここで皆さんに話を聞いていただけたことで、なんだか報われたような気がします」

珍しく楓も発言した。

「あなたの判断は間違っていなかったと思います。ぜひこれからも、信じた正義を行ってください」

こういう台詞（せりふ）も、楓が言うと決してわざとらしく聞こえないのが不思議だ。

灰田がこたえた。

「ありがとうございます」

彼は午後六時に、研究室をあとにした。おそらく署に戻るのだろう。

灰田が出て行くと、小早川は蘭子に言った。

「今回の件は、通常の冤罪事件よりも多くのことを考えさせてくれたと思います」

蘭子は戸惑ったように小早川を見ていた。するど、麻由美が言った。

「そうよ。グッドチョイスよ」

ようやく蘭子がほほえみを見せた。

小早川は言った。

「今回のことを各自レポートにしてください。では、これで今週のゼミを終了します」

梓が言った。

「じゃ、いつものお店に行きませんか？」

断る理由はない。小早川は五人とともにメキシカンレストランに行くことにした。


「なんだか、意外だったわね」

適度に空腹が満たされ、アルコールがゆきわたった頃、麻由美が言った。「冤罪だというから、てっきり灰田さんの思い込みで、小松原は犠牲者なんだと思っていた」

梓がそれにこたえる。

「思い込みは禁物だということが、よくわかったわ」

「小松原は、このまま無罪放免なのかしら」

麻由美の問いに蘭子がこたえた。

「検察が上告しなかったので、裁判は終了。つまり、彼の無罪は確定したのよ」

「なんだか、すっきりしないわね。灰田さんも悔しそうだったわ」

蘭子が言った。

「刑事裁判は終わったけど、民事で訴えるという手もある。賠償金を取るのね」

「刑事で無罪になったのに、民事で何とかできるわけ？」

「刑事裁判と民事裁判は、あくまでも別よ。犯罪に問われなくても、損害があればそれを賠償させることはできる。治療費だとか慰謝料だとか……」

「北上さんはどうするかしら？」

ゼミ生たちは、小早川を見た。意見を聞きたいらしい。小早川は言った。

「よほどのことがないと、民事裁判をやろうという気にはならないでしょうね。おそらく、北上さんは裁判の結果を受けて、灰田君同様に、一刻も早く忘れようと考えているのではないでしょうか」

「でも……」

蓮がおどおどしながら言う。「北上さんは、怪我をされたのでしょう？　治療費くらいは請求したいでしょう……」

「そのためには、小松原さんが怪我をさせたのだということを証明しなければなりません。北上さんの傷は転倒したときにできたもので、小松原さんが直接手を下してできたものじゃありません」

「裁判の結果が常に正しいとは限らないのね」

麻由美が言うと、楓がこたえた。

「今回の結果も、法に従ったという点では正しい」

「でも、小松原は故意だったのよ」

「それを証明できなければ、罰することもできない」

「それって、やっぱり裁判が間違っているということじゃない」

「法は絶対じゃない。だから、時には守るべきもののために法に背くのもやむを得ないことがある」

「つまり」

小早川は言った。「正義は一つではないということでしょう。北上さんの側にも正義はあるし、武原弁護士にも正義はあった。もちろん灰田君にも正義がありました。西野さんは、何が正義かを自分自身で考えなければならないということを言っているのだと思います」

「じゃあ……」

麻由美が言う。「目黒署の大滝にも正義があるということ？」

「そう。彼なりのね」

「頭が悪いだけじゃないの？」

「部下を思うあまりに、眼が曇るということもあります」

「何か事情をご存じなんですか？」

「ええ。月曜の夜に、大滝係長と話をしました」

「その事情を話していただけますか？」

小早川はちょっと迷ったが、結局話すことにした。別に隠すほどのことではないし、ゼミ生たちには知り得たすべての事情を話しておくべきだと思った。

説明を聞き終わると、蘭子が言った。

「やはり、大滝係長の考えは間違いだと思います。部下のためと言えば聞こえはいいですが、つまり警察内部の事情で、間違った人を被疑者にしようとしているんです」

小早川は言った。

「警察内部の事情か……。安達さんの言うとおりかもしれない。しかし、私は大滝係長の気持ちもわかるような気がする」

「だからといって、先生が逮捕されるようなことがあったらたいへんです」

「私もみすみす逮捕されるつもりはない」

「業を煮やした大滝係長が、令状を取って強制捜査をすることも考えられます。そうなれば、先生の身柄は拘束されてしまいます」

「そうならないことを祈るがね……」

麻由美が再び、腹立たしげに言う。

「警察って、頭がわるいの？　それとも怠慢なの？　どうして本当のことが伝わらないのかしら」

小早川は苦笑した。

「そのどちらでもないと思います。ただ、ボタンの掛け違いがあるのです」

「死刑判決とか重大な冤罪事件が、ボタンの掛け違いで起きたらたまらないですよね」

「大きな事件になればなるほどいろいろな要素が絡んできます。私がボタンの掛け違いと言ったのは、あくまでもきっかけにあたる部分のことです」

梓が言った。

「先生が犯人にされないためにも、真犯人を見つける必要があるわけでしょう？」

「そうね」

蓮がこくこくとうなずいて言った。「私たちが犯人を見つければいいのよ」

蘭子が言った。

「でも、警察でも先生以外の被疑者を見つけていないのよ。メディアソサエティーは犯人じゃなさそうだし……」

梓が考え込んだ。

「何かを見逃しているはずよ」

それを聞いて、小早川は言った。

「同感ですね。私もそう思っていたところです」

21

麻由美が梓と小早川の両方を見ながら尋ねた。

「何を見逃しているというの？」

梓がこたえる。

「それがわかれば、見逃しているとは言わない」

「どうすれば見逃しているものとか見落としているものがわかるのかな……？」

麻由美のその疑問にこたえたのは、小早川だった。

「事件があった日からのことを、思い返してみるんです」

「やってみたわ。それでも何を見落としているのかわからない」

「何度でもやってみるんですよ。何かに気づくまで」

その言葉は、自分に言い聞かせているものでもあった。

「その何かがわからないんですよ」

「自分の心の声に耳を傾けてください」

「心の声？」

「そうです。これまで見聞きしてきたことで、何か、違和感を抱いたことはないか、心に引っかかったものはないか……。それを思い出すんです」

「違和感……」

「言い換えれば、潜在意識を活性化させるのです。はっきりと意識している物事というのは、認識しているもののうちごく一部でしかありません。潜在意識の中には膨大な記憶が蓄積されています。それは、深い沼に沈んでいるようなものです。それをすくい上げるのです」

蘭子が言う。

「何か、もやっとしているんです……。たしかに先生が言われたように、何か気になったことがあったような気がする」

梓が蘭子に尋ねた。

「気になったこと……。どんな場面で？」

「思い出せないのよ。何だったかしら。高樹さんに関係があると思うんだけど……」

「当たり前じゃない」

麻由美が言った。「高樹さんを襲撃した犯人を捜そうとしているんだから……」

「だから、そういうことじゃなくて……」

蘭子が苛立たしげに言った。「高樹さんが病院に運ばれたでしょう。退院してからいっしょに先生のお宅にお邪魔して……。そのときに話を聞いていて、何か気になったんだけど……」

それを聞いて、小早川はうなずいた。

「実は、私もそうなんです」

麻由美が興味深げに言う。

「先生もそうって、どういうことですか？」

「あのときの高樹さんの話に、何か引っかかるものを感じたのは確かなんです」

蘭子が期待をこめた眼を向けてくる。

「どの話だったんでしょう」

「それが思い出せない。アルコールが入っていて、頭が回っていないのかもしれません」

「あら」

麻由美が言った。「私、お酒飲んでいるときのほうが頭が回る気がするけど……」

「それは錯覚です」

小早川は苦笑した。「酒の勢いでいろいろと思いつくような気がしますが、それはむしろ思考が鈍化していて、抑制がきかない状態なんです。本当に明晰な状態じゃありません」

梓が言った。

「じゃあ、酔っていないときに、改めて考えてみましょう。明日の『刑事政策概論』の後の、先生のご都合はいかがですか?」

「明日……? ずいぶん急ですね」

「三女祭は今度の土曜日から、ミス三女は日曜日です。犯人を特定して、すっきりした気分で三女祭を迎えたいじゃないですか」

「たしかにそうですね」

『刑事政策概論』は七・八時限で、終わるのは午後四時十五分だ。

「私は別に予定はないですね」

「では、臨時のゼミを開いていただけませんか」

「驚きましたね。学生のほうからそんな要請があるなんて、考えてもみませんでした」

「そりゃあ……」

麻由美が言う。「先生のゼミは特別だから……。普通はそんなことは決してないでしょうね」

「そう言われて悪い気はしませんね。他の皆さんのご都合はどうです?」

誰も何も言わない。

「決まりね」

梓が言った。「じゃあ、『刑事政策概論』の後、研究室に集合ね」

それまでに、私も事件のことをよく見直しておこう。

小早川はそう思った。

あれから、大滝は何も言ってこない。私の言ったことを理解してくれていればいいが、と小早川は思った。

『刑事政策概論』を早めに終えて、四時十分には研究室に戻っていた。ほどなく、ゼミ生たちがやってきた。いつものように、麻由美、蘭子、蓮、梓、楓の順だった。

この順番が入れ替わることはない。それを小早川はいつも不思議に思う。座る位置も変わらない。

全員が席に着くのを待って、小早川は言った。

「さて、二日酔いの人はいないでしょうか」

麻由美がこたえた。

「二日酔いじゃないんですけど、やっぱりお酒が入っていたほうが頭が冴えるような気がします。なんか、気分がどんより……」

梓が言う。「麻由美は夜行性だから……。日が沈んだら、元気になるんじゃない？」

小早川は蘭子に尋ねた。

「何か思い出しましたか？」

「ええ。思い出しました。やっぱり高樹さんの発言の中にヒントがあったと思います」

「ヒント……？」

「怪しいと思える人が思い浮かびました」

「誰です？」

「たぶん、先生がお考えの人と同じだと思います」

「私が考えている人……？」

「昨夜飲みながら話してから、ずいぶん時間が経ちました。あのとき、先生は高樹さんが話した内容の何かに引っかかるものを感じたとおっしゃいました。昨夜から今日までは、先生にとっては充分な時間だったんじゃないでしょうか」

さすがは蘭子だと、小早川は思った。

実は小早川も、目星をつけた人物がいた。

昨夜帰ってからしばらく考えていた。そして、朝早く目覚め、それからまた同じことをずっと考えていたのだ。

何が気になっているのかに思い当たったのは『刑事政策概論』が始まる直前のことだった。

蘭子はさらに言った。

「私はゼミの仲間といっしょに、私の考えが正しいかどうか検証してみたいと思います」

「検証……？　どうやって……」

「それは、私たちに任せていただけませんか？」

「何をどうするのか、知っておきたいですね」

「先生はご存じないほうがいいと思います」

「どうしてですか？」

「目黒署の大滝係長に、先生が妙な画策をしたと言われたくないからです」

「待ってください。あなたがたが、その妙な画策とやらをするということですか？」

「私たちが何かをする分には問題ないでしょう。警察から疑いをかけられているわけではありませんから」

「私を気づかってのことでしょうが、その必要はありません。何をしようとしているのか、ゼミの担当教授として知る必要があると思います」

「ちょっと……」

麻由美が蘭子に言った。「私たちはちんぷんかんぷんなんだけど」

梓も麻由美に同調した。

「そう。先生の指導もなしに、私たちで何かできると思う？」

蓮が不安気に言った。

「あの……。犯人を見つけるってことでしょう？　それは私たちには荷が重いんじゃないかしら」

楓は何も言わないが、やはり疑問を感じている様子だった。

蘭子が言った。

「私たちが直接何かをするわけじゃない。それに、やることは学内に限られるから、別に荷が重いわけじゃない」

梓が尋ねた。

「直接何かをするわけじゃない……？」

なるほど、と小早川は思った。蘭子は、犯人をうまくおびき出すことを考えているのではないだろうか。

蘭子が言った。

「そう。そのために、いろいろと計画を練る必要がある」

「ふうん……」

麻由美が言った。「計画ね……」

「そう。うまくすれば、一気に事件解決」

「事件解決？」

「そう。少なくとも、被疑者を特定できると思う」

麻由美は、しばらく思案顔だったが、やがて言った。

「おもしろそう。私は乗ったわ」

すると、梓が言った。

「被疑者を特定できれば、先生の疑いも晴れるということね」

蘭子がうなずく。

「そういうことね」

「わかった。私も乗るわ」

楓がうなずいて言った。

「では、私も」

最後に蓮がおどおどした様子で言う。

「あ……。私も参加する」

蘭子は小早川に言った。

「先生、私たちを信頼してください」

小早川は言った。

「なんだか、勝負を挑まれたような気分ですよ」

「そういう気持ちもあります。私が被疑者として想定している人物と、先生がお考えになっている人物が一致していることを祈っています」

「わかりました。その検証作業を認めることにしましょう。ただし、法に触れることや、危険なことは絶対になしです。いいですね」

蘭子はうなずいた。

「もちろんです。では、これからさっそく計画を練りたいと思います」

小早川はうなずいた。

「臨時ゼミは終了としましょう」

蘭子がふと考え込んだ様子になって言った。

「一つだけお願いがあるのですが……」

「何でしょう？」

「計画には、学長の協力が必要になるかもしれません。先生から学長に一言お願いできますか」

小早川は躊躇した。

「学長を巻き込むのですか？」

「きっと、学長は興味を持ってくださると思います」

しばらく考えた後に、蘭子が言うとおりだと思い、小早川は原田学長に電話をした。

「はい、原田」

「小早川だ」

「あら、どうしたの？」

「うちのゼミ生たちが、話があるというんだ。会ってやってくれないか」

「ご用件は？」

「高樹さんの件らしい」

「わかった。今から来られるかしら。待ってるわ」

「そう伝える。済まないな」

「お礼を言うことはないわ。やるべきことをやっているということよね。じゃあ……」

電話が切れた。受話器を置くと、小早川は原田学長の言葉を蘭子に伝えた。

「では、すぐに学長室に向かいます」

他の四人も慌てて立ち上がった。

彼女たちが出て行くと、小早川は考えた。

蘭子が言うことを認めてよかったのだろうか。

具体的に彼女が何をしようとしているのかはわからない。だが、何らかの形で犯人を罠にかけようとしているのではないだろうか。

もし、警察がそれをやったら、公判を維持できないだろう。捜査はあくまで正規の手順で進めなければならない。

被疑者を罠にかけたりしたら、せっかくの証拠や証言が無効になる恐れがあるからだ。

そして、蘭子が言ったとおり、警察から疑いをかけられている小早川は、そんなことをやるべきではない。

となると、それは彼女たちにしかできないことに思えてくる。

蘭子が言い出したことなので、法的に間違ったことはしないだろう。そして、彼女らは全員、間違いなく優秀だ。ここはゼミ生たちを信じてみることにしよう。

小早川はそう思った。


翌日の金曜日は、三・四時限が『捜査とマスコミ』の授業だ。三時限の開始が午前十時四十五分だから、小早川は十時半頃に学校にやってきた。

研究室に寄って一息ついてから、教室に向かうつもりだった。いつものように、定時より少し遅れて授業を開始するのだ。

ふと、学内が落ち着かないような気がした。明日から学園祭なので、その準備のせいかとも思ったが、どうやらそうではなさそうだ。

小早川は、竹芝教授の姿を見かけたので、彼に近づいて言った。

「何だか、学内がざわついているような気がするんですが……」

「ああ、あのせいじゃないですか？」

竹芝教授は学内に貼られたビラを指さした。

「何です、あれは……」

小早川が学生だった頃には、学内でアジビラが配られたり、壁に貼られたりしているのは珍しいことではなかった。だが、最近ではあまり見ない光景だった。

竹芝教授がこたえた。

「ミスコン反対のビラです。実力で阻止するという過激な文面です」

小早川は戸惑った。

「反対運動は自粛するということだったと聞いていますが……」

「そうなんですか」

竹芝教授は関心がなさそうだった。

「ミスコン反対派のリーダーだった高樹さんが怪我をして、大学側が自粛を要請し、事実上反対運動は消滅して、三女祭でミスコンが予定通り開催されることになった。そういうことだと思っていましたが……」

「どうやら、事情が変わったようですね」

「事情が変わった……」

「学務部の掲示板に、学長名でお知らせが出ています。実力で阻止するという反対派の主張を受けて、混乱を回避するために、ミス三女の開催を中止することもあり得る、という文面です」

どういうことだろう。小早川は言葉をなくして立ち尽くしていた。

竹芝教授が言った。

「失礼、私は三時限から授業がありますので」

「あ、私もでした。お呼び止めしてすいません」

「いいえ。授業の開始が遅れるほど、学生は喜びますから……」

竹芝教授が歩き去ったので、小早川は貼ってあるビラに近づいて読んでみた。

内容は竹芝教授が言ったとおり、かなり過激なものだった。ミスコンを実力で阻止するというもので、小早川は反対派の真意を計りかねた。

さらに、今日の午後三時からキャンパス内で演説を行うという予告があった。

それから、小早川は学長のメッセージを読むために、学務部の掲示板に歩み寄った。何人かの学生がそれを読んでいた。小早川が近づくと、彼女らは場所を空けてくれた。

原田学長の署名入りの文章だ。

無駄な混乱を避け、事故などが起きないように、最善策を考えるが、場合によってはミス三女が中止となる可能性があると言っている。

小早川は時計を見た。もうじき授業が始まる時間だ。小早川は掲示板を離れると、研究室に向かった。


授業を終えて研究室に戻った。それから、学食が空く一時頃まで時間をつぶし、昼食を済ませた。

帰宅する気にはなれなかった。午後三時からの演説というのが気になった。読書をしようとしたが、内容が頭に入ってこない。

午後二時半になると、どうにも落ち着かずキャンパスに出てみた。演説予告の場所は一号館という建物の前だ。遠くからそこを眺めてみたが、特に人が集まっている様子もない。

学生たちは明日からの学園祭の準備に忙しそうだ。

三時五分前になると、三人の学生が一号館前に姿を見せた。ハンドマイク付きの拡声器を持っているのは、間違いなく高樹晶だった。

技術は恐ろしいスピードで発達しているのに、こうした演説に使用される拡声器は、小早川が学生の頃からほとんど進化していないように見える。機能、形状ともにすでに完成されたものだということだろうか。

演説が始まった。たまに歩を止めて演説に耳を貸す学生もいるが、たいていは通り過ぎていく。これも、小早川が学生のときと似たような光景だ。

高樹晶とともに姿を見せた二人の学生は、ビラ配りをしている。演説は三十分ほど続いた。終了すると、高樹晶と二人の学生はその場で別れた。

高樹晶は一人でキャンパスを横切り、二号館のほうに歩いて行く。無防備に見える。今誰かに襲撃されたら防ぎようがない。

小早川は、護衛するような気持ちで彼女のあとをつけていった。

22

午後のキャンパス内は人通りも多い。特に今日は学園祭の準備で多くの学生たちが行き来している。

サークル活動に向かう学生たちは、いろいろな道具を持参している。テニスのラケット、ラクロスのクロス……。袴姿で弓を持っている者もいる。

だから、何を持っていてもさほど不思議ではないが、その人物は小早川の眼を引いた。

男性だったせいもある。しかもその人物はなぜかゴルフクラブを持っていた。だが、周囲の学生たちは、その人物のことをまったく気にしていない様子だった。

何よりその人物が、小早川の眼を引いたのは、どうやら高樹晶のあとをつけている様子だからだ。

小早川は高樹晶と距離を置いていたので、その男は、小早川と高樹晶の間にいた。小早川は、高樹晶とその男の両方を尾行する形になっていた。

高樹晶が教室に入っていった。大きな階段教室で、今は空き部屋になっているようだった。ゴルフクラブを持った男は、その教室の出入り口に身を寄せて、中の様子をうかがっている。

しばらく躊躇していたが、やがてその男は教室内に侵入した。高樹晶に危害を加える気に違いない。

小早川は駆け出して、教室の中に入った。

部屋の中では、高樹晶とその男が対峙していた。

小早川は声をかけた。

「高樹さん」

高樹晶が小早川のほうを向いた。男は背を向けていたが、驚いた様子で振り返った。小早川はその男に言った。

「ここで何をしている」

それは、高樹晶に向けての質問でもあった。

そのとき、階段状の席のほうから声がした。

「先生……」

そちらを見ると、机の陰から五人のゼミ生たちが姿を見せた。彼女らは、下まで下りてくると、高樹晶を取り囲むようにして、男と対峙した。一番前にいるのは楓だった。

小早川は言った。

「これは……」

それにこたえたのは、蘭子だった。

「私たちの検証です」

「なるほど……」

小早川は言った。「私の考えとあなたの考えが同じだとしたら、彼が学務部の喜多野行彦というわけですね」

すると、出入り口から声がした。

「そのとおりよ」

振り向くと、原田学長が戸口に立っていた。

彼女は、誰かといっしょだった。その人物が戸口に姿を見せた。目黒署の大滝係長だった。

小早川は彼に尋ねた。

「どうしてあなたがここに……?」

大滝係長はしかめ面をして言った。

「学長から連絡をもらってね。ちょうど、谷原沙也香さんに話を聞きに来たところだったので……」

「ストーカーの件で?」

「ああ……」

原田学長が言った。

「安達さんに、私から警察に連絡するように言われたの」

それまで固まったように動かなかった喜多野が言った。

「いったいこれは何の騒ぎなんです? 何が始まったんですか」

蘭子が言った。

「あなたはまんまとおびき寄せられたのよ」

「おびき寄せられた……? いったい何のことです?」

小早川は言った。

「あのビラやアジ演説、そして学長名のメッセージは、偽物だったということですね」

「あら……」

高樹晶が言った。「私は本気でビラを書いたし、演説もしましたよ」

「だが、本当にミスコンが中止になるとは思っていなかったんでしょう?」

「まあ、それはそうですけど……」

「なんだ……?」

喜多野が眉をひそめた。「いったい、何を言ってるんだ?」

原田学長が言った。

「あなたは、高樹さんたちのせいでミスコンが中止になると思い込んだ。それで高樹さんのあとをつけて、もう一度襲撃しようと思った。そうでしょう」

喜多野が苦笑を浮かべる。

「学長、いったい何を言い出すんです。どうして私が高樹さんを襲撃しなければならないんです」

その問いにこたえたのは、蘭子だった。

「ミスコンが中止になったら困るんでしょう？　谷原さんがミス三女になれなくなるから……」

「何を言ってるのか、俺にはさっぱりわからない」

喜多野は明らかに動揺していたが、だんだんと無表情になっていった。表情を閉ざしたのだ。

動揺している相手は攻めやすいが、こうなるとなかなかやっかいだと小早川は思った。経験上それを知っていた。

開き直ったということなのだ。すると、感情の揺れがなくなり、なかなか自白しなくなる。

原田学長が言った。

「高樹さんが病院に運ばれたとき、学務部の者が会いに行ったと聞きました。その対応に、私は少し驚きました。うちの職員もなかなかやるものだと思ったんです。でもね、学務部長に訊いてみても、そんな指示はしていないと言うんです。つまり、学務部は正式にはアクションを起こしていなかった……。なのに、あなたは高樹さんを訪ねていた。そして、ミスコン反対運動を自粛するように言ったんです」

「たしかに私は病院に行きましたよ」

喜多野の口調も静かになっていた。こういう場合、テレビドラマだと興奮した口調でまくしたてるのだが、実際にはむしろそういうことは少ない。

笑いながら話をすることが多い。それは苦笑であったり、ごまかすための笑いであったりする。

喜多野の場合、笑ってすらいない。淡々とした態度になっていた。彼の言葉が続く。

「学生が怪我をしたんです。それが当然の措置でしょう。いちいち部長の指示を仰ぐ必要などありません。私の行動は、学務部の正式なアクションですよ。そして、反対運動の自粛を求めるのも、大学としては当然なんじゃないですか？　高樹さんはミスコン反対運動の中心人物です。それが襲撃された理由であることは明らかでしょう。彼女を危険から守るためにも、また他の学生に累が及ばないようにするためにも、反対運動の自粛を求めるのは当たり前のことじゃないですか」

「もっともらしいことおっしゃってますけどね」

麻由美が皮肉な口調で言った。「手にしている物は何なの？　そんなもの持って高樹さんのあとをつけて来たんでしょう？　言い訳できないわよ」

たしかにその通りだ。

ゴルフクラブを手にあとをつけるなど、なんと大胆なのだろう。

教室の中でゴルフクラブを持っている姿は、シュールですらある。もっと目立たないものがいくらでもあるだろうに、と小早川は思った。

喜多野が、手にしているドライバーに眼を落として言った。

「これですか。中庭で素振りをしていたんですよ。そうしたら、高樹さんの演説が聞こえてきたので、そのまま駆けつけたんです。ですから、クラブを持ったままだったわけです」

蘭子が尋ねる。

「何のために、高樹さんを尾行したんですか？」

「別に尾行したわけじゃない。話をしようと思ったんですよ。反対運動を自粛するように申し伝えたにもかかわらず、ビラを壁に貼ったり、演説をしたりしたのですからね」

原田学長が言った。

「あなたはゴルフが唯一の趣味で、休み時間なんかに、よく外でクラブの素振りをやっていましたね。その姿は私もよく見かけました。だから、多くの人がそれを知っていたでしょう。あなたがゴルフクラブを持ち歩くことに、疑問を抱く人は少なかったかもしれません。あなたは、それを利用したということですね？」

「利用したというのは、どういうことですか」

「最初に高樹さんを襲撃したときも、そのゴルフクラブを使ったのですね？」

喜多野の表情は変わらない。原田学長がさらに言った。

「あなたはしょっちゅうゴルフクラブを持ち歩いているので、その姿を見た人も別に不自然だと思わなかったのでしょう。だから、あなたはそのクラブで、高樹さんを襲撃した……」

「ばかなことを言わないでください。私がそんなことをするはずがない」

そのとき、大滝係長が言った。

「まだ凶器が見つかっていないんですよ」

喜多野が大滝係長の顔を見た。特に驚いたり疑問に思った様子はなかったので、おそらく大滝係長のことを知っていたのだろう。当然警察は学務部にも聞き込みに行ったはずだから、そのときに会ったに違いないと、小早川は思った。

大滝が続けて言った。

「そのゴルフクラブを調べさせていただきたいのですがね……」

喜多野は、相変わらず無表情なままこたえる。

「お断りしますよ。理由もないのに、大切なクラブを取り上げられるのはご免です。来週の月曜日は休日なので、久しぶりにコースに出る予定ですんで……」

大滝がさらに言う。

「もし、何もしていないと言うのなら、調べても差し支えはないでしょう」

「そういう問題じゃありません。何でも差し押さえられると思っている警察の姿勢が問題だと言ってるんです。申し上げたように、このゴルフクラブは私にとって大切なものであり、必要なものなのです。理由もないのに、お渡しするわけにはいきません」

すると、蘭子が言った。

「理由はあると思います。高樹さんに対する傷害の容疑です」

「私が高樹さんを襲撃する理由などありません」

「理由はミスコンでしょう」

蘭子の言葉に、喜多野はかすかな笑みを浮かべた。相変わらず余裕の表情だ。だが、ほほえんだのは動揺の表れだと小早川は思った。

表情を閉ざしたままでいられなくなったのだ。彼は間違いなく追い詰められつつあるのだ。

「ミスコンだって？」

笑みを浮かべたまま、喜多野が言った。「どういうことでしょうね。ミスコンが私と何の関係が……」

「谷原沙也香さんです」

「谷原……？　日本語日本文学科の二年ですね。刑事さんも、先ほどその名前を出していましたけど、彼女がどうかしたのですか？」

「あなたはずいぶんと彼女にご執心のようですね」

「ご執心？　これはまた古くさい言葉ですね」

喜多野が言った。「私が谷原さんに特別な感情を抱いていると……？」

小早川も、今どきの若者が使う言葉ではないと思った。蘭子は時々、こうした古風な言葉を使ったりする。

「そうです」

蘭子が言った。「まあ、片思いですけどね。あなたは、谷原さんをどうしてもミス三女にしたかったんでしょう。その心理は何となく理解できます。単に応援していたというだけじゃなくて、彼女の名誉を自分の名誉のように感じていたのでしょう。いつしか、あなたは、谷原さんが自分の所有物のように感じていたのではないですか？」

この分析は、ストーカーの心理を見事に言い当てていると、小早川は感心した。たいていはストーカーと聞くと、その不気味さだけを取り沙汰して憎しみや嫌悪の対象にしてしまう。

普通、ストーカーがどういう気持ちであるかを掘り下げて考えることはほとんどしない。その点、蘭子はさすがだと、小早川は思った。

「片思いだって……」

喜多野は笑みを消した。「君に何がわかるんだ」

「私には彼女の気持ちがわかります」

蘭子は断言した。彼女は谷原沙也香に確認したわけではないだろう。喜多野にプレッシャーをかけるために、わざと断定的に言っているのだ。

喜多野はかぶりを振った。

「冗談じゃない。私は谷原さんとは何の関係もない」

「そうですかね……」

大滝係長が言うと、喜多野は彼のほうを見た。

「そうですかね、とはどういう意味です？」

「谷原さんに話を聞きに来たと言ったでしょう。彼女は正式に警察に相談することにしたと言っていました」

ふと喜多野が不安そうな表情になる。

「警察に相談？　何のことです？」

「ストーカー被害ですよ。彼女はあなたからストーカー行為を受けていると言っていました」

「私がストーカー……？」

喜多野は笑い飛ばそうとしたようだが、うまくいかなかった。笑顔がひどくぎこちないものになったのだ。結局彼は、笑いを消し去り、ひどく不機嫌そうな顔になって言った。「それは何かの間違いです」

「あなたは、学務部の立場を利用して連絡先を入手し、彼女にしつこくSNSでメッセージを送ったり……。それだけではなく、学内で彼女を待ち伏せしたり、あとをつけたりを繰り返した。そうですね？」

「それは誤解ですね。彼女が私のことをストーカーだなんて思うはずがない」

蘭子が言う。

「それは一方的な考え方ですね」

「私は、ただ……」

「ただ、何です？」

喜多野は蘭子から眼をそらした。

「ただ、彼女を心から応援したいと思っていただけです」

「彼女をミス三女にしたいと思っていたわけですね？」

「それは認めますよ。しかし、だからといって、私が高樹さんを襲撃したことにはならない」

「ですから」

　大滝係長が言った。「そのゴルフクラブを調べればわかることです」

　喜多野は一つ溜め息をついてから言った。

「しょうがないですね。それほどまでおっしゃるなら、調べていただきましょう」

　彼は右手でゴルフクラブを差し出そうとした。大滝係長が言った。

「きれいに後始末をしたとお考えでしょうね。血痕は拭き取っても、ルミノール反応ってやつは必ず出るんですよ」

　その言葉で、喜多野はびくりと右手を引っ込めた。

　その場でぴたりと動きを止める。緊張感が高まるのがわかる。

　彼はもう一度溜め息をついた。

　次の瞬間、彼は向き直り、ゴルフクラブを振りかぶった。大声を上げて、高樹晶めがけて殴りかかる。

　突然のことで、誰もがその場で凍り付いた。

　いや、一人だけその喜多野の動きに反応した者がいた。

　楓だ。

　喜多野が右肩に構えたゴルフクラブが振り下ろされることはなかった。それより早く、楓が彼に身を寄せて右手を差し出した。

　その右手が喜多野の左前腕部を押さえた。と、思った次の瞬間、喜多野の体が宙を舞っていた。

　見事な入り身投げだ。喜多野はもんどり打って床に転がり、不思議なことにゴルフクラブは楓の手にあった。

　戸口から男たちが突入してきた。目黒署強行犯係の捜査員、そして丸山と溝口だった。彼らは床に転がって痛みにもがいている喜多野を押さえつけた。

手錠がかけられる。

大滝係長が言った。

「十五時五十分。暴行の現行犯逮捕だ」

楓が手にしていたゴルフクラブを無言で大滝係長に差し出した。大滝係長はそれを受け取ると、続けて言った。

「このゴルフクラブ、じっくりと調べさせてもらうぞ」

手錠をかけられ、捜査員たちに両腕を摑（つか）まれた喜多野は何も言わなかった。彼が連行されていくと、大滝係長が小早川を見て近づいてきた。

何か言いたそうにしている。小早川は言った。

「喜多野に、言わなくてもいいことを言いましたね」

「何のことだ？」

「ルミノール反応のことです。彼は、きれいに拭えば調べられてもだいじょうぶだと思っていたのでしょう」

「そうかもしれないな」

「あれは、喜多野を挑発するためでしょう。油断のならない人だ」

「いけないかね？」

「さすがだと、ほめているんですよ。現行犯逮捕できたんですからね」

大滝係長は肩をすくめて言った。

「あんたは、さぞ怒っているだろうな。改めて挨拶させてもらうが、今日は一言だけ」

小早川はうなずいて、先を促した。大滝係長が言った。

「ストーカーの件は参考になった」

「謝罪じゃないんですか」

大滝係長が顔をしかめる。

「だからそれは、改めて……」

そう言って彼は、教室を出て行った。

そのときぽつりと高樹晶が言った。

「ミスコンなんて、この世からなくなればいいのに」

彼女がそう思いはじめたきっかけについて、詳しく聞きたい。

小早川はそう思い、彼女を見た。

23

「ミスコンが男女差別であるというあなたの主張は理解できる気がします」

小早川は高樹晶に言った。「でも、あなたはただ問題意識を持っているだけではなく、怒りを抱えているように見えます。何か理由があるのではないですか？」

その言葉に、その場にいたゼミ生たちや原田学長も、高樹晶のほうを見た。

彼女は、しばらく逡巡したあとに、話しはじめた。

「二年上の、石田理絵という先輩がいました」

「石田理絵……」

原田学長が言った。「覚えてるわ。やはり現代教養学科だったわね」

「憧れの先輩だったんです。石田さんは、小さい頃からテレビのアナウンサーになるのが夢で、猛勉強してきたと言っていました」

小早川はうなずいて言った。

「女子アナウンサーは、競争率千倍以上ともいわれる狭き門ですからね」

「大学の勉強だけでなく、アナウンサーの養成学校にも通っていました」

原田学長が言った。

「たしか石田さんは、地元に帰ったんでしたね」

「在京キー局のアナウンサーの最終選考に残っていたのですが、結局選ばれたのは、他の学生でした。その学生は有名私立大学のミスキャンパスだったんです」

憧れの先輩でなく、ミスキャンパスだった他の学生が就職試験に採用された。それで、ミスコンに対して怒りを抱くのは、逆恨みというものではないか。

小早川はそう思ったが、それは口に出さないことにした。

おそらく憧れの先輩の悔しがる姿を目の当たりにしたのだろう。何もしてやれないことが悲しかったに違いない。

ミスキャンパスが女子アナウンサーとして採用されるのは、おそらく珍しいことではない。テレビ番組に出演するのだから容姿も重視されるに違いない。

言ってみれば、ごく普通のことだ。だが、それが普通だとされることに、高樹晶は理不尽さを感じたのだろう。

そして、その感情が怒りに変わるのは容易に想像ができた。男女差別といった社会問題は、知れば知るほど先鋭化するものだ。そして、怒りが募っていく。

小早川は言った。

「問題意識を持つことは悪いことではありません。そして、その問題を追究する姿勢は大切です。怒りを覚えるほど何かにのめり込んだり、誰かに議論を挑むことも、いいことだと思います。特に学生の間は……。あなたが、考えに考えた先に何があるか。私は楽しみな気がします」

高樹晶は小早川に言った。

「また先生に議論を挑んでもいいんですね？」

「望むところです」

話を聞いていた麻由美が言った。

「高樹さんも、小早川先生のゼミに入ったら？」

高樹晶はほほえんで言った。

「ゼミ生になるより、議論をするほうが、先生を独り占めできるわ」


キャンパスに出ると、五人のゼミ生は帰宅すると言った。だが、どうもまっすぐ帰りそうな雰囲気ではない。

小早川は言った。

「五時になれば、いつものメキシカンレストランが開きますね」

麻由美が言った。

「このまま帰るのもナンだなあって思ってたんです」

梓が言う。

「じゃあ、寄って行きましょうか」

小早川は彼女らに尋ねた。

「私も行っていいだろうか」

梓がこたえた。

「もちろんです」

「では、少し遅れるが、顔を出すことにしよう」

麻由美が言う。

「じゃあ、先に行ってますね」

五人が正門のほうに歩み去ると、原田学長が高樹晶に言った。

「学長室まで来てください」

高樹晶は神妙な面持ちでこたえた。

「わかりました」

小早川は研究室に引きあげようとした。すると、原田学長に言われた。

「あなたもよ」

小早川は驚いて尋ねた。

「私も学長室に……？」

「そうよ。行きましょう」

時計を見ると、午後四時半を回っていた。秋の夕暮れは早く、すでに大きく日が傾いている。

もうじき夕闇に包まれるキャンパスは、ますます活気づいてきた。明日から始まる三女祭の準備はおそらく夜遅くまで続くのだろう。

学長室に着くと、原田学長は小早川と高樹晶にソファに座るように勧めた。そして、自分も机には行かず、ソファに座った。

原田学長はまず、小早川に言った。

「まずは、犯人を見つけてくれてお礼を言うわ」

すると高樹晶が言った。

「私からもお礼を言わせてください」

小早川は言った。

「別に私は何もしていない。ゼミ生たちがやったことです」

「彼女たちは、普段のあなたの指導のお陰で犯人にたどり着いたのよ」

「誤解のないように言っておくが、私はゼミ生と探偵ごっこをやっているわけではない」

「継続捜査を実践的に取り上げているんでしょう？」

「継続捜査はあくまで、研究対象だよ」

「でも、実際に捜査をすることもあるんでしょう？」

「捜査じゃない。関係者へのインタビューだ」

「ともあれ、高樹さんを襲撃した犯人を見つけてくれた。大学の職員だったというのは、とてもショックだけど。受け容れなければならないわね」

「マスコミがいろいろと騒ぎそうだな。マスコミがうるさいと、保護者も黙っていないだろう」

「マスコミにも保護者にも対処するわ」

原田学長には動揺の様子は微塵も感じられない。

彼女は修道女だ。神がついていてくれると信じているのだろうか。

あるいは学長としての自信だろうか。

続いて彼女は、高樹晶に言った。

「傷害の被害にあったことは、気の毒だと思います。肉体的な怪我だけでなく、精神的にもダメージを負ったことでしょう」

高樹晶はかぶりを振った。

「平気です。運動をやるからには、それなりの覚悟もしているつもりです」

「頼もしいですね」

「実は、こういうことも石田先輩から学びました」

「石田さんも、何かの運動をしていたということ？」

「環境問題に強い関心をお持ちでした」

「その後、石田さんがどうしているか、知っていますか？」

「故郷の街でタウン誌を作っていると言っていましたが……」

「そう。そのタウン誌編集部は市と民間の共同事業で、最近コミュニティーFMを始めたの」

コミュニティーFMは地域のための、限られた範囲で聴取されるFM放送のことだ。都内でもけっこう放送されている。

高樹晶は目を瞬いた。

「コミュニティーFM……？」

「どうやら、初耳のようですね」

「はい……」

「石田さんは、そのコミュニティーFMでパーソナリティーをやっているそうよ。自分で取材し放送する。とても充実しているということです」

「最近連絡を取られたということですか？」

「職員の中に、今でもメールのやり取りをしている人がいて、その人が知らせてくれました」

「メールのやり取りを……」

「石田さんは、決して敗北したわけじゃありません。志さえ捨てなければ、充実した人生を送ることができる。きっと石田さんはそれを実感していると思います。あなたも、連絡を取ってみるといいわ」

高樹晶は、しばらく何事か考えている様子だったが、やがて言った。

「わかりました。さっそくメールしてみることにします」

原田学長は、満足げにうなずいて言った。

「明後日はメインイベントで、ミス三女コンテストがありますが、反対運動を続けるつもりですか？」

「混乱を避けるために、反対運動は自粛しろとおっしゃりたいのでしょうね。でも、ミス三女コンテストを実行する自由があるように、それに反対する自由もあるはずです。私たちは、会場でビラ配りをさせてもらいます」

原田学長は小早川に尋ねた。

「どう思う？」

「それでこそ大学だろう」

原田学長は、にっこりと笑って高樹晶に言った。

「私もそう思います。自由におやりなさい」

高樹晶が目を丸くした。


行きつけのメキシカンレストランに、小早川が到着したのは、午後五時二十分頃だった。

いつもの席に陣取ったゼミ生たちは、そろそろ飲み物のおかわりをする頃だった。小早川はビールをもらうことにした。

飲み物が運ばれてきて、乾杯を交わすと、小早川が蘭子に言った。

「検証は、見事に成功しましたね」

蘭子がうなずいた。

「先生も喜多野が犯人だと思っていたんですね。それを知ってほっとしました」

「病院にいる高樹さんを訪ね、ミスコン反対運動を自粛するように言ったという話を思い出しましてね」

「私も同じでした」

「大学の職員が犯人だなんて……」

麻由美が言った。「ひどい話よね」

蓮が言った。

「でも、楓さん、すごかった……」

「そうよね」

梓が言う。「ゴルフクラブを振りかざした相手に向かって行くなんて……」

楓は、表情を変えなかった。

「それより……」

楓が言った。「私は、目黒署の係長が許せない。先生に罪を着せようと、ひどいことを言ったのだから」

小早川は言った。

「たしかに、警察OBの私でも腹が立ちましたね。しかし、あれが警察官なんです」

蘭子が言った。

「今回、冤罪について、とても勉強になりました」

「そうですね。私も身をもって学びました」

珍しく楓が発言を続けた。

「あの係長は、先生に謝罪するつもりはないんですか?」

「どうでしょう。逮捕でもされれば、謝罪はあったかもしれませんね。しかし、多少きつい取り調べをしたからといって、謝罪する警察官はいませんね」

梓が言った。

「なんだか、警察が嫌いになりそう」

「警察官OBとしては耳が痛いですね」

麻由美が言った。

「ま、とにかく今日は三女祭の前夜祭よ。高樹さんの事件も解決したことだし、楽しくやりましょう」

被疑者の送検が終わり、起訴が決まらない限り解決とは言い難い。いや、正確には裁判が行われ判決が出てようやく解決と言えるのだ。

私のゼミ生なのだから、それくらいの認識は持ってほしい。だが、今日は固いことは言うまいと思った。

　麻由美が言ったとおり、今日は前夜祭だ。

　喜多野が自白したという知らせを受けたのは、土曜日の朝九時頃のことだった。知らせて来たのは、特命捜査第三係の丸山だった。

「逮捕されたときから、落ちるのは時間の問題だったんですがね……。ゴルフクラブからルミノール反応が出て、それを突きつけてやったら自白しました」

「そうか」

「すみやかに送検します」

「ごくろうだったな」

「今日はたしか、学園祭でしたね。小早川さんはどうしてらっしゃいますか？」

「別に予定はないが……」

「ちょっと、うかがってお話ししたいのですが……」

「自白が取れて送検するんだろう？　もう私に用はないだろう」

「用があるのは、自分ではなく、大滝係長なんです」

　小早川は、しばらく考えてからこたえた。

「自宅に来てくれるのなら……」

「何時がいいですか？」

「午後二時でどうだ？」

「了解しました」

「じゃあ……」

　小早川は電話を切った。

　丸山は、約束どおり午後二時にやってきた。警察官らしく時間に正確だ。彼は、大滝係長を伴っている。

　小早川は言った。

「まあ、お上がりください」

「失礼します」

丸山が言って靴を脱ぎはじめた。こういう場合会話をするのは、たいてい階級や役職が上の者だが、大滝は無言だった。

もっとも、丸山と大滝は階級は同じ警部補のはずだ。年齢は大滝のほうが少しばかり上のようだが、それほど変わらない。

ソファに二人を座らせ、小早川はお茶をいれた。

丸山が言う。

「あ、どうぞおかまいなく……」

「せっかく来てくれたというのに、茶も出さないというわけにはいかないだろう。もっとも、また聞き込みで来たというのなら、茶など出す義理はないが……」

「もちろん、聞き込みなんかじゃありません」

小早川がテーブルに三人分の茶を置いて、ソファに腰を下ろすと、しばらく気まずい沈黙が続いた。

丸山が茶をすする音が響く。

突然、大滝係長が言った。

「いやあ、今回のことではいろいろとご協力いただき、ありがとうございました」

驚くほど快活な口調で、大きな声だった。

おそらく照れ隠しだろうと、小早川は思った。

「今朝、落ちたそうですね」

小早川が言うと、その言葉にほっとした様子で大滝係長が言った。

「ええ。それもこれも、みんな先生のおかげです」

おそらくまともに会話してもらえないことを予想していたのではないだろうか。だから、小早川が言葉を返すと、安心したような顔になったのだ。

「疑われるのは、嫌なもんです」

大滝係長の笑いが引きつり、やがて消え去った。

彼は難しい顔になって言った。

「それについては、本当に申し訳ないと思っています。このとおりです」

大滝係長は両手を膝に置いて、頭を下げた。寛大な人なら、ここで「どうぞ頭を上げてください」などと言うのだろうが、小早川にはその気はなかった。

ここでしっかり反省してもらわなければ、大滝係長はまた同じことを繰り返しかねないのだ。

小早川は言った。

「警察官は、人を疑うのが仕事です。しかし、その結果、普通に暮らしている人の生活を破壊しかねないということを、肝に銘じておくべきです」

大滝係長は頭を下げたままこたえた。

「ごもっともです」

「疑いをかけられたのが私でよかったのかもしれません。警察のことをよく知っていましたから……。そうでない一般人だったら、やってもいないのに自白してしまったかもしれません。そうなれば、誤認逮捕そして冤罪ということになります」

「想像しただけでも、ぞっとします」

「冤罪で捕まる人は、もっと恐ろしい思いをするはずです」

「はい……」

小早川は一つ深呼吸してから言った。

「地域課の巡査部長は何といいましたっけ？」

大滝係長はようやく顔を上げて言った。

「菅井ですか……？」

「今回は菅井君のことを思って、という面もあったのでしたね」

「そのことなんですが……」

大滝係長が顔をぱっと輝かせた。「ようやく刑事講習の推薦状を、署長からもらえることになりまして……」

大滝の笑顔はまるで別人のように人なつこい。周囲の評価を考えると、おそらくこれが普段の大滝なのだろうと、小早川は思った。

大滝係長は部下思いで仕事熱心。そのことは間違いないのだ。ただ、警察官がその熱心さの方向を間違えると恐ろしいことになる。

警察は社会学用語で言うところの暴力装置なのだ。

警察にいた頃には、小早川自身もそんなことを考えはしなかった。真面目に犯罪を摘発することが社会への貢献なのだと信じていた。

そのためには、事案に関わるあらゆる人を疑った。疑われるだけで迷惑を被ることがある。マスコミがそれを報じるだけで、風評被害にあうこともあるのだ。だが、当時どれだけそのことを気にかけていただろうか。

ともあれ、これ以上大滝係長をいじめても意味がない。小早川は言った。

「それはよかった。でも、署長推薦がもらえたとしてもすぐ刑事になれるわけではありません」

「それは本人もよくわかっていると思います」

「がんばってくれと言ってください」

大滝係長は、ふと表情を曇らせた。

「本来なら、菅井も連れて来て謝罪させるべきだと思ったのですが……。もともとは、菅井が言い出したことだったので」

「今回の勇み足を、今後の戒(いまし)めとしてくれればいい。そう伝えてください」

「わかりました」

小早川は、丸山に言った。

「君たちが本部から来てくれて助かった。礼を言うよ」

「いえ」

丸山がかしこまった。「それには及びません。やるべきことをやっただけですから」

話はそれで終わりだった。二人は、それからほどなく帰った。

のんびりした土曜の午後だ。三女祭でも眺めに行こうか。小早川はそんなことを思っていた。

24

結局、土曜日はどこにも出かけなかった。三女祭メインイベントのある日曜日は、さすがに出かけてみようと思った。

大学にやってくると、いつもは静かなキャンパス内にテントが並んでいる。サークルなどがやっている出店だ。

飲食店が圧倒的だ。物売りの声が重なる。たいへんな活気だった。

最近の学生は冷めていて、学園祭などにはあまり積極的に参加しようとはしないという話を聞いていた。だが、そんな気配は微塵もない。

キャンパスのほぼ中央にステージが設営されている。そこがイベントの会場となっている。音楽サークルの発表会や、武道サークルの演武などがそこで行われる。

そして、メインイベントはミス三女コンテストだ。

そのステージの周辺で、ビラを配っている学生がいた。何人かで手分けしており、その中の一人が高樹晶だった。

彼女は原田学長に言ったとおり、ビラ配りをやっているのだ。かつてビラ配りをする学生は、ジーパンに労働者風のジャンパー、ヘルメットといった恰好だった。

それに比べて、高樹晶たちはずいぶんとおしゃれに見えた。着ているものもカラフルだ。時代が違うのだと、小早川は思った。

高樹晶からビラを受け取った男性に見覚えがあった。

碑文谷署の灰田だった。

小早川は彼に近づいて声をかけた。灰田は驚いた顔で小早川を見た。

「ああ、先生……」

ほっとした顔になって、彼は言った。「知っている人が誰もいないので、心細かったところです」

「三女祭へようこそ。しかし、君がやってくるのは、ちょっと意外でしたね」

「そうですか？　女子大の学園祭となれば、そりゃ興味がありますよ。まあ、これも何かの縁ですし……」

「よければ、私が案内しよう」

「いいえ、もうあらかた回ってきましたので……。あ、それより、お伝えしようと思っていたことが……」

「何でしょう」

「小松原がまた事件を起こしました」

「え……？　どういうことです？」

「ああいうやつは、必ず同じことを繰り返すんです。昨夜のことです。酔って駅で喧嘩をして、相手に怪我をさせました」

「逮捕されたのですか？」

「はい。今度は現行犯逮捕でした。たまたま鉄道隊がパトロールをしておりまして……」

鉄道警察隊は、一九八七年に廃止された鉄道公安官に代わり新設された執行隊だ。鉄道専門に取り締まりを行っている。

「最初は無罪を獲得できましたが、二度目となると、そうはいきませんね」

灰田はうなずいた。

「悪いことはできないものです」

「それを、ゼミのみんなにも知らせてやりたいと思います」

「ぜひそうしてください」

二人で立ち話をしていると、高樹晶が小早川に気づいて話しかけて来た。

「先生もビラをどうぞ」

「ああ。もらっておくことにしましょう」

「ちゃんと読んでくださいね」

「もちろんだ。ところで、石田という先輩とは連絡を取ったのですか？」

「はい、メールをしたらすぐに返事がありました」

「あなたの表情を見ると、どういう内容だったかだいたい想像がつきます。憑き物が落ちたように明るい表情をしています」

「石田さんは、今やられていることが天職だと言ってました。心からそう感じていることが、メールの文面から伝わってきました」

「人間万事塞翁が馬、ということですね。民放の女子アナになっていたら、もしかしたらそれほど充実した毎日を送れなかったかもしれません」

高樹晶は笑顔のまま言った。

「だからといって、ミスコン反対運動はやめませんよ」

小早川は言った。

「とことんやってみることです」

「あれえ、小早川さんじゃないですか」

その声のほうを振り向くと、目黒署の安斎がいた。

「君はこんなところで何をしているんだ？」

「何って……。学園祭じゃないですか」

「女子大の学園祭に来るほど、目黒署の刑事総務係は暇なのか？」

「やだなあ。日曜は基本休みじゃないですか。それに、自分はほら、小早川さんのゼミのオブザーバーだし」

「いつからオブザーバーになったんだ」

灰田が小早川に尋ねた。

「目黒署の刑事総務係……？」

「ああ、紹介しよう」

小早川は、安斎と灰田を互いに紹介した。そして、高樹晶に言った。

「ビラ配りは終わったのか？」

「三回に分けて配るつもりです。二回目が終わったところです」

「では、しばらく時間があるね？」

「はい」

「すまんが、この二人を案内してやってくれないか。知り合いの警察官なんだ」

「いいですよ」

安斎がぱっと明るい顔になった。

「マジですか」

「現代教養学科三年の高樹さんだ。手強い論客だから、甘く見るとひどい目にあうぞ」

高樹晶が言った。

「先生のお客さんに失礼なことはしません」

小早川は言った。

「では、頼むよ」

あらかた回ったと言っていた灰田も、案内役が高樹晶となれば、事情が変わるようだ。二人の警察官は、高樹晶についてキャンパスの人混みの中に消えていった。

さて、私もキャンパス内を一回りしてこようか。

小早川は思った。

自分が学生の頃とはずいぶんと景色が違う。女子大のせいもあるかもしれない。やはり華やかだ。

すでに私にとっては失われた時が、このキャンパスにはあふれている。

小早川はそんなことを思って、少し淋しくなった。

いや、そうじゃない。私は、学生たちと今この時を共有しているのだ。

そう思い直すと、キャンパス内の光景がまた新鮮なものに感じられた。

一度研究室に来てメインイベントまで時間を潰そうと思った。ミス三女コンテストの結果は見ておきたかったのだ。

ふと小早川は、竹芝教授が彼の研究室にいるような気がした。根拠はない。ただ彼も、小早川と同じく、彼なりに三女祭を楽しんでいるのではないかと思った。

研究室を訪ねてみることにした。留守だったら自分の部屋に戻ればいいだけのことだ。

ノックをすると、すぐに返事があった。小早川はほほえんだ。やはり彼も来ていたか……。

「失礼します」

ドアを開けて入室すると、先客があった。学生のようだ。

窓を背にして机に向かっている竹芝教授に、小早川は言った。

「お客さんでしたか。では、出直すことにします」

すると竹芝教授は言った。

「かまいません。どうぞかけてください」

「しかし……」

竹芝教授のほうを向いて座っていた学生らしい人物が振り向いた。谷原沙也香だった。その眼が赤い。もしかしたら、泣いていたのかもしれないと思った。

竹芝教授が繰り返し言った。

「おかけください。先生にも谷原さんの話を聞いてもらいたいと思います」

「はあ……」

小早川は、竹芝教授の机の前に置かれた二つの椅子の空いているほうに座ることにした。もう一つには谷原沙也香が座っている。

腰を下ろすと、小早川は言った。

「何か込み入ったお話の最中だったんじゃないのですか？」

竹芝教授が言った。

「谷原さんは、ミス三女への出場を辞退しようかと言ってるんです」

小早川は驚いて、隣の谷原沙也香の顔を見た。眼の赤みは消えつつあった。

「喜多野さんがあんな事件を起こして……。私にも原因がありますから……」

竹芝教授が言った。

「別に辞退する必要はないと、私は言っているのですがね……。別に谷原さんが事件を起こしたわけじゃない」

「でも……」

谷原沙也香が言った。「高樹さんに申し訳ないと思います」

竹芝教授は、谷原沙也香を見つめて言った。

「あなたが高樹さんを襲撃したわけではないんです。すべては、喜多野君の勘違いから起こったことです」

「なんだか、フェアでない気がします。高樹さんはひどい目にあったのだから、ミス三女コンテストも中止にすべきだと思います。それができないのなら、候補者が辞退すべきだと……」

「あなたは、自分の気持ちではなく他人の眼を気にしているのです。このままコンテストに出場したら、他人にどう思われるか……。それを心配しているのでしょう」

「それは……」

谷原沙也香は、反論しようとしたのだろうか。だが、それを諦めたように眼を伏せた。「そうかもしれません」

竹芝教授が言った。

「それは必要のないことだと思います。誰であれ、自分の思惑で他人を批判するのです。それに左右されることはありません。小早川先生は、どう思われますか？」

小早川は言った。

「私も竹芝先生がおっしゃるとおりだと思いますね」

谷原沙也香は小早川のほうを見たが、何も言わなかった。

小早川は続けて言った。

「高樹さんは、ミスコンが開かれることをアンフェアだとは感じていないでしょう。元気に反対運動のビラをまいていましたよ。彼女は正々堂々とミスコンを批判しています。あなたも堂々と出場すればいい」

　谷原沙也香は、竹芝教授と小早川を交互に見た。何を言うべきか考えている様子だった。やがて、彼女は言った。

「私、このチャンスを逃したくはなかったんです。出場することにします」

　竹芝教授がうなずいた。

「どうもありがとうございました」

　彼女は立ち上がり、二人の教授に礼をすると、研究室を出て行った。

　ドアが閉まると、小早川は竹芝教授に言った。

「彼女は、先生の学科でしたね」

「そうです」

「信頼されているようですね？」

「は……？」

「ミス三女コンテストの最終候補を辞退するかどうかという大切なことを相談に来たのですから……」

「ああ……。彼女はおそらく、いろいろな人に相談しているのだと思います。私はその中の一人でしかありません」

「だとしても、信頼していなければ、相談になど来ませんよ」

「私の講義は時代遅れですがね……。それでも気に入ってくれる学生もいます。谷原さんはその一人のようです」

「なるほど……」

　自分の講義が時代遅れだというのは、謙遜ではなく、実際にそう思っているのだろう。時代遅れだろうが何だろうが、決してスタイルを変えない。それが竹芝教授の強みだと思った。

　小早川は言った。

「しばらくここにいていいですか？」

「かまいませんが、こんな本しかないような部屋は退屈でしょう」

　小早川は室内を見回して言った。

「いえ、こんなに居心地のいいところは珍しい」

「お好きにどうぞ。後で、ミス三女コンテストを見に行きましょう」

「はい」

小早川は本のジャングルでしばし寛ぐことにした。


午後七時になると、キャンパス中央のステージ周辺に人があふれた。メディアソサエティーが用意した男女一組の司会者が、場を盛り上げていた。

小早川と竹芝教授が人垣の後ろのほうでステージを見つめていると、後ろから声をかけられた。

「あら、先生」

誰の声かはすぐにわかった。麻由美だった。振り向くと、五人のゼミ生がそろっている。

「君たちも、ミスコンを見に来たのか？」

麻由美がこたえる。

「メインイベントですからね」

蘭子が手にしているのは、高樹晶たちが配っていたビラのようだ。

「そうだ。小松原のことだが……」

小早川は蘭子たちに、先ほど灰田から聞いた話を伝えた。蘭子は話を聞き終えると、ほっとしたような表情で「そうですか」と言った。

麻由美が言った。

「なんだか、胸がすっとしたわ」

小早川はうなずいて、ステージに眼を戻した。

学園祭を成功させようと、一所懸命の者たちがいる。そして、自分の信じるもののために戦う者たちがいる。

どちらの立場であっても彼らは必死なのだ。我を忘れて何かに没頭する。学生たちには、その姿勢を学んでほしいと思う。それが大学だと、小早川は思った。

「あ、出てきた……」

梓が言った。

ステージ上に、五人の最終候補が出てくる。

「ほう……」

竹芝教授が言った。「さすがは最終選考ですな」

小早川は笑みを浮かべて言った。

「それ以上言うと、セクハラになりかねませんよ」

「人間の正直な感想をセクハラと言うのなら、そんな社会のほうが間違っていますよ」

「高樹さんと議論させてみたいですね」

スポットライトが交錯し、五人の候補を照らし出している。司会者が盛んに場を盛り上げようとしている。

準ミス三女から発表だった。指名された学生は、感激を露わにしている。

それを見て麻由美が言った。

「本当は悔しいはずよね。ミスを逃したんだから」

蘭子がそれにこたえる。

「素直にお祝いしてあげなさい」

そしていよいよ今年のミス三女の発表だ。ステージ上の音楽が一段と大きくなる。その音楽が止むと、司会者が言った。

「発表です。今年のミス三女は、日本語日本文学科二年、谷原沙也香さんです」

会場が沸く。

梓が言った。

「結局は、喜多野の思い通りになったのね」

それにこたえたのは麻由美だった。

「でも、警察に捕まるなんて割りが合わない」

蘭子が言う。

「犯罪は常に割りに合わないものよ」

予想どおりの結果。それで人々は満足するものなのだ。それが祭なのだと、小早川は思っていた。


学園祭が終わり、たちまち日常が戻ってきた。

ゼミの前日、研究室で小早川は考えていた。

次はどんな事案を取り上げようか。

そのうちに、彼はふと気になってきた。

五人のゼミ生たちは、どういう理由で自分のゼミを選んだのだろう。その理由について詳しく尋ねたことがまだなかった。

それぞれに思いがあるはずだ。明日は、それについて訊いてみるのもいい。彼女たちのことだから、もしかしたら意外なこたえが聞けるかもしれない。

明日のゼミが楽しみになってきた。

本書は二〇一八年十月に小社より単行本として刊行されたものをノベルス化した作品です。またこの作品はフィクションですので、登場する人物、団体は、実在するいかなる個人、団体とも関係ありません。

N.D.C.913　250p　18cm

エムエス　継続捜査ゼミ2

二〇二〇年十月六日　第一刷発行

KODANSHA NOVELS

定価はカバーに表示してあります

著者―今野 敏

発行者―渡瀬昌彦

発行所―株式会社講談社

東京都文京区音羽二-一二-二一

郵便番号一一二-八〇〇一

編集〇三-五三九五-三五〇六
販売〇三-五三九五-五八一七
業務〇三-五三九五-三六一五

本文データ制作―講談社デジタル製作

印刷所―豊国印刷株式会社　製本所―株式会社若林製本工場

ISBN978-4-06-521032-1

スリルと笑いの新「探偵物語」！
硝子の探偵と銀の密室　小島正樹

高濃度本格ミステリー
ブラッド・ブレイン　闇探偵の降臨　小島正樹

第14回メフィスト賞受賞作
UNKNOWN（アンノウン）　古処誠二（こどころせいじ）

心ふるえる本格推理
少年たちの密室　古処誠二

沖縄の碧い海が赤く染まる！
セレネの肖像　小前　亮

ノベルスの面白さの原点がここにある！
ST　警視庁科学特捜班　今野　敏

面白い！　これぞノベルス!!
ST　警視庁科学特捜班　毒物殺人　今野　敏

ミステリー界最強の捜査集団
ST　警視庁科学特捜班　黒いモスクワ　今野　敏

書下ろし警察ミステリー
ST　青の調査ファイル　今野　敏

書下ろし警察ミステリー
ST　赤の調査ファイル　今野　敏

書下ろし警察ミステリー
ST　黄の調査ファイル　今野　敏

書下ろし警察ミステリー
ST　緑の調査ファイル　今野　敏

書下ろし警察ミステリー
ST　黒の調査ファイル　今野　敏

〝伝説の旅〟シリーズ第1弾！
ST　為朝伝説殺人ファイル　今野　敏

〝伝説の旅〟シリーズ第2弾！
ST　桃太郎伝説殺人ファイル　今野　敏

〝伝説の旅〟シリーズ第3弾！
ST　沖ノ島伝説殺人ファイル　今野　敏

超人気シリーズ！
ST　プロフェッション　今野　敏

大人気シリーズの序章！
化合　ST　序章　今野　敏

〝G〟世代直撃！
宇宙海兵隊ギガース　今野　敏

シリーズ第2弾！
宇宙海兵隊ギガース2　今野　敏

シリーズ第3弾！
宇宙海兵隊ギガース3　今野　敏

シリーズ第4弾！
宇宙海兵隊ギガース4　今野　敏

シリーズ第5弾！
宇宙海兵隊ギガース5　今野　敏

シリーズ完結！
宇宙海兵隊ギガース6　今野　敏

警察小説の最高峰!!
同期　今野　敏

『同期』続編！
欠落　今野　敏

『同期』シリーズ完結編！
変幻　今野　敏

警察の未来をかけた「特命」とは？
警視庁FC　今野　敏

『隠蔽捜査』戸高刑事がFC室と競演！
カットバック　警視庁FCII　今野　敏

警察小説新シリーズ第1弾！
継続捜査ゼミ　今野　敏